조금씩 도둑

조금씩
도둑

———

조명숙
소설집

———

산지니

차례

이치로와 한나절

1.

무화과나무에 이치로가 내려앉은 그때, 할아버지와 나는 늦은 아침을 준비하고 있었다.

할아버지가 전기밥솥에 밥을 안쳤다. 된장찌개로 할지 김치찌개로 할지 결정하지 못한 상태였지만 나는 냄비에 물을 담아 가스레인지에 올렸다. 코크를 열고 점화버튼을 누르자, 자자자자 소리와 함께 파란 불꽃이 일었다.

"라면 할까요? 멸치도 없고 참치도 없네요."

냉장고를 들여다본 내가 소리쳤다. 크게 고개를 끄떡인 할아버지가 파 껍질을 벗기기 시작했다. 일하러 가기 전에 파를 뽑아 두었던가 보았다.

할아버지는 아침에 지하철역 입구에서 명함 나눠 주는 일을 하고 있었다. 일이 끝나면 할아버지는 온종일 집에서 유난을 떨며 지냈다. 덕분에 집 안은 늘 깨끗했고, 내 옷이며 이불은 얼룩한 점 없었다. 그런데도 말끔하게 다림질된 바지와 셔츠, 하얗게 삶아 빤 걸레며 행주, 잡지로 꼼꼼히 메워 바른 벽 같은 것들을 볼 때마다 아슬아슬한 기분이 들었다.

나는 폰을 꺼내 청수에게 문자를 찍었다.

—할아버지가 걱정이야. 점점 귀가 먹고 기억력도 나빠지고 있어. 어제는 양치질을 두번이나 하시는 거 있지.

최근 기록에서 청수 번호를 찾아 추가하고 보내기를 눌렀다. 어제는 세 번 청수에게 문자를 보냈다. 수업으로 꽉 찬 금요일이었다. 종일 강의실을 옮겨 다녔다. 학점관리 잘해야 취직하는데 도움이 된다는 분위기를 거스를 만큼 나는 별다른 재능이나 포부가 없었다. 대학생이 됐으니 학점을 따야 했고, 그래서 열심히 수업을 듣고 있을 뿐이었다. 졸업하면 어떻게든 취직이 되겠지. 눈높이를 팍 낮춰서 아무 일이나 할 거야. 대학은 할아버지 소망이었지 내 소망은 아니었어. 청수는 내 하소연을 어제도 세 번이나 들은 것이다.

—토요일이야. 늦잠도 잤어. 저녁 알바까진 시간이 있으니 할아버지와 목욕이나 갈까 해.

청수에게 할 말이 또 떠올랐지만 문자를 찍지 않고 참았다. 워낙 깔끔을 떠는 할아버지여서 양치질과 세수는 하루에도 몇번씩 하지만 목욕탕에는 혼자 보낼 수 없었다. 지난 주말, 목욕탕에 할아버지를 혼자 보냈다가 혼이 났다. 목욕을 하고 탈의실에 나왔다가 다시 목욕탕에 들어가기를 세 번이나 했던 것이다. 주인이 전화해 줘서 내가 달려가지 않았더라면 하루 종일 목욕을 하실 뻔했다.

껍질을 다 벗긴 파를 뽀드득 소리가 나게 씻으면서 할아버지가 중얼거렸다.

"청수 걔는 잘 있다니? 어째 안 보이는구나."

할아버지는 청수를 기억했다 못했다 했다. 어떤 때는 청수가 공부도 잘하고 성품도 좋은데 고집이 센 게 흠이라고 금방 돌아간 뒤통수에 대고 하듯이 말했고, 어떤 때는 또 그 아이가 죽을 만큼 괴로웠다는 걸 부모가 몰랐다니 딱한 일이라고 눈물을 짓기도 했다.

할아버지 기억 속에서 오락가락하는 청수 때문에 나도 가끔 청수가 죽었는지 살았는지 헷갈렸다. 토요일이나 일요일 집에 있으면 대문을 탕탕 두드리며 부르는 소리가 들리는 것 같기도 했다.

나는 하릴없이 냄비 뚜껑을 열었다 닫았다. 청수 엄마가 이사 가기로 했다면서 혹 갖고 싶은 게 있으면 와서 가져가라고 했을 때, 가스레인지를 가져오자고 한 건 할아버지였다. 새집에 인덕션이 옵션으로 딸렸더라는 청수 엄마의 말을 듣고 10년을 넘게 써 녹이 슨 가스레인지 생각이 나던 모양이었다. 청수 방에서 뭐라도 하나 건지려고 얼쩡대다가 청수의 폰을 챙긴 나는 다른 건 아무래도 좋았다. 가스레인지는 청수 것이 아니라 청수 엄마 것이니 혹 나중에 버리기도 쉬울 것 같았다.

그런데 가스레인지를 켤 때마다 청수 생각이 나고 있었다. 이렇게 버튼을 눌러서 불을 켜고 청수는 계란 프라이를 하거나 참치찌개를 끓였겠지. 라면도 삶고 국수도 삶고 감자도 쪘을 거야. 꼭 감자 속처럼 허옇게 생겨 가지고 찐 감자는 왜 그리 좋아하던지. 아, 감자. 폰을 다시 꺼냈다.

—저녁에 감자 삶을까? 요즘 제철이래.

폰을 주머니에 넣고 나는 또 냄비 뚜껑을 열었다 닫았다. 이럴 줄 알았으면 가스레인지를 가져오지 말 걸 그랬다. 폰도 마찬가지였다. 가져온 다음엔 버릴 수 없다는 걸 몰랐다. 이렇게 계속, 언제까지 청수를 생각할 수 있을지 걱정이 됐다. 계속 생각해 줘야 할 것도 같았고 이제 그만 아주 가끔 생각해도 되지 않을까 여겨지기도 했다.

할아버지는 파를 썰기 시작했다. 길이를 잰 듯 썰어지고 있는 파는 내가 싫어하는 몇 가지 야채에 속했다. 되도록 파를 생략하려는 나와 할아버지는 라면이나 찌개를 끓일 때마다 신경전을 벌여야 했다. 기억력이 나빠지고부터 할아버지는 나를 배려하는 마음이 없어졌다. 라면이든 찌개든 파가 들어가지 않으면 절대 안 먹으려 하면서 마당에 파를 위한 다섯 개의 화분까지 비치해 두었다.

할아버지나 파가 어쨌거나 간에, 이치로가 무화과나무에 내려앉은 정확한 시각은 사실 알 수 없었다. 내가 냄비에 물을 담고 있을 때일 수도 있었고, 청수에게 문자를 찍고 있던 때였을 수도 있었다. 아니면 할아버지가 무심하게 청수를 입에 올린 때나, 그보다 전에 이미 일어난 일이었을지도 모른다.

이치로가 나무에 내려앉자마자 소리를 냈는지, 나무에 내려앉아 숨을 고르고 집 안을 살핀 뒤 소리를 냈는지도 알 수 없었다. 할아버지와 내가 이치로가 왔다는 걸 알아차린 건 우이이 우억 우어어 하는 소리 때문이었으니, 그 소리를 들은 시점에 바로 이치로가 왔다고 생각할 뿐.

첫 번째 우이이 우억 우어어!는 내가 냄비 뚜껑을 열고 봉지에서 면을 꺼내고 있을 때 들렸다. 여운은 느껴지지 않았다. 여름이긴 했지만 아직 초입이어서 기분 좋은 온기가 감도는 바깥에 비해 실내는 좀 서늘했다. 밖과 안은 창과 벽, 문 같은 것으로 분리되어 있었으므로 혹 여운이 있었다 하더라도 전해질 수 없었을 것이다.

할아버지도 소리 혹은 비명을 들었는지 파를 썰던 손으로 귀를 만졌다. 청력이 약해진 뒤로 귓바퀴에 닿는 공기의 진동을 감지하려는 동작인 듯, 할아버지는 자주 귀를 만졌다. 입술의 움직임으로 말을 알아듣는 경우도 있었다. 귀가 멀고 기억력이 희미해지고 있을 뿐 아니라 할아버지는 시력도 나빠져 있었다. 명함을 나눠 주고 오다가 길을 잘못 들어 두세 시간 만에야 겨우 집에 도착하는 경우도 있었다. 조만간 할아버지는 그 일도 그만두어야 할 것이다.

"옆집에서 또 개를 패는가 봐요."

귓가에서 애매해진 소리를 궁금해하는 할아버지를 위해 내가 큰 소리로 말했다.

옆집 남자가 주기적으로 개를 때린다는 건 할아버지도 알고 있었다. 웬만해선 잘 짖지 않아서 있는지 없는지 존재감이 별로 없는 그 개는 키가 작고 오동통했으며 넓적한 귀에 어울리는 커다란 갈색 반점을 가지고 있었다.

뒷집 여자가 일러준 말에 따르면 옆집 남자는 물에 불린 신문지를 뭉쳐 만든 막대기로 개를 때린다고 했다. 어디를 어떻게 왜 때리는지 뒷집 여자도 모르는 모양이었다.

대문 밖으로 나오는 경우가 아주 드문 옆집 남자는 마흔 중반쯤, 여자가 일을 나가고 난 뒤 빨래며 청소 같은 집안일을 도맡고 있었다. 개를 때리는 일 외에는 그다지 특별한 말썽을 일으키지 않았고, 파자마 차림으로 마당에 나와 제법 여러 종류의 꽃을 보살피기도 했다. 그가 왜 개를 때리는지를 알 수 있다면 이 동네가 어째서 늘 이렇게 고요한지도 알 수 있을 것이다.

그 개가 맞을 때 내지르는 소리가 우이이 우억 우어어!였는지는 확실하지 않아서 나는 고개를 갸웃거렸다. 할아버지와 내가 오래 살아온 동네는 낮은 지붕과 지붕이 쑥덕공론에 한창인 이 마을처럼 맞닿아 있기는 해도 오랫동안 범죄라곤 없었다. 고만고만한 살림 수준을 서로 이해하고 배려하는 마음이 제법 남아

있어서 올라가고 내려가는 길이 가파르다는 것을 제외하고는
꽤 살 만했다. 20분마다 도착하는 마을버스를 타고 지하철역까
지 몰려 나가느라 아침이 꽤 부산스러운 만큼, 한낮의 동네는
고요에 휩싸여 있었다. 동네에 남아 있는 것이 무슨 죄라도 되
는 듯 숨죽인 채로 낮의 시간이 지나가고 저녁이 되면 조심스러
운 소란이 온기처럼 번졌다.

그런 만큼 아침나절 난데없이 등장할 비명이란 그 개의 것일
수밖에 없다고 나는 짐작해 버렸다. 때리는 사람이나 맞는 개
나, 늘 똑같은 강도에 똑같은 상황일 수 없을 테고, 또 소리란
날씨의 좋고 궂음에 따라 약간씩 다른 파장을 내거나 전달 속
도가 달라지기도 하는 것이니까 말이다.

그때 다시 그 소리가 들렸다. 파를 썰던 손으로 할아버지가
내 뒤통수를 때렸다.

"저게 개 소리로 들리냐?"

파 냄새가 가깝고 진하게 나서 나는 기분이 나빠졌다. 그래서
퉁명스럽게 대꾸했다.

"그럼 돼질까요?"

개든 돼지든 무슨 상관이겠느냐는 말이 퉁명스럽게 이어질까
봐 나는 입을 꾹 다물었다. 스프를 까서 냄비에 풀었다. 젓가락
으로 면을 젓는 사이 할아버지가 다 썬 파를 냄비에 넣었다.

"나가 보면 알겠지."

할아버지가 냉큼 현관으로 나갔다. 가스레인지 불을 조금 낮

추고 냄비 뚜껑을 열어 둔 채로 내가 뒤따랐다. 소리의 정체가 파악되면 곧 돌아올 작정이었다.

마당에 내려서는데 세 번째 우이이 우억 우어어!가 얼마간의 여운과 함께 다시 들렸다. 개 소리는 분명 아니었지만 원숭이의 것도 아니었다. 그러나 분노에 찬 비명 같기도 했고 기쁨도 슬픔도 초월한 언어 이전의 발화 같기도 한 소리가 나는 지점을 가늠할 수 있을 정도로 또렷했다.

나는 무화과나무로 얼굴을 돌렸다. 무성한 잎들이 쏴그르르 흔들리고 있었다. 시커멓고 커다란 것이 가지를 수석거리며 움직이는 소리도 들렸다. 내가 나무를 가리키자 할아버지는 얼른 무화과나무 아래로 걸어갔다. 그리고 무화과나무를 올려다보았다.

이 집을 지을 때 아주 어린 것을 심었다는 무화과나무는 지붕을 다 가리고 남을 넓이와 옥탑방을 훌쩍 넘은 높이로 자라 있었다. 가지는 굵고 튼튼했으며 해마다 몇 바구니의 열매를 달았다. 그러나 워낙 넓고 무성한 잎을 가진 나무였다. 봄부터 가을까지 어른 손바닥보다 넓은 잎이 마당과 지붕을 다 덮어 버려 집을 음습하고 우중충하게 만들었다.

"저기 뭐가 있어요! 시조샌가?"

할아버지도 같은 쪽을 보고 있었다. 무화과나무에는 자주 참새와 까치, 핀치새 같은 것들이 와서 앉았다. 새들은 잠시 앉았다 가기도 했고 꽤 오래 머물기도 했다. 새만큼이나 자주는 아니어도 고양이들도 나무를 오르내렸다. 나무를 찾아오는 손님 중에서 가장 안면이 많은 것이 새라면 나는 그 새가 시조새였으면 좋겠다고 생각했다. 내가 아는 새 중에서 가장 크고 무거운 새는 시조새였다. 중학교인가 고등학교인가 수업시간에 털이 없고 날개가 큰 날짐승을 본 기억이 있었다.

"새는 아니야."

새라는 말밖에 못 알아들은 할아버지가 단박에 머리를 흔들었다. 나는 넓은 잎 사이를 헤집고 비쳐 드는 햇빛을 손으로 가렸다. 시조새를 생각하게 한 것은 매주 금요일 포털사이트에 연재되는 아마추어 작가의 웹툰이었다. 한때 번성했다가 세월이 흐름에 따라 슬럼가로 전락한 거리에 해가 지면 한 남자가 나타난다. 으슥한 곳에서 남자는 시조새로 변한다. 큰 부리에 깃털이 듬성듬성해서 흉한 몰골인 시조새는 거리로 나가 사람들의 정수리를 쫀다. 시조새에게 정수리를 쪼인 사람은 사람의 옷을 걸친 시조새의 모습이 되어 그 거리가 번성했던 몇십 년 뒤로 후진한다. 시조새가 점령한 거리는 흥청거리고 자신감에 찬 목소리가 여기저기서 들린다. 휘황찬란한 불빛, 용기백배한 사람들이 노래하고 춤추고 싸우고 사랑한다. 이윽고 해가 뜨면 남자는 어깨를 축 늘어뜨린 초라한 늙은이가 되어 거리에서 사라진다.

나는 얼른 폰을 꺼내 청수에게 문자를 보냈다.

―무화과나무에 뭐가 날아왔어. 엄청 커다란 걸 보면 시조새

일지도 몰라.

보내기를 누르고 있을 때 뒤통수가 묵직했다. 할아버지가 또 뒤통수를 친 것이다. 내가 아무리 엉뚱한 짓을 해도 그저 그래, 그래 하고 넘기던 할아버지는 기억력이 나빠지고부터 부쩍 호통이 늘었다. 호통이 느는 만큼이나 내 뒤통수를 때리는 일도 예사로 했다.

22년 동안 키워 준 은공을 생각하면 뒤통수 같은 건 얼마든지 내줘도 좋았다. 하지만 파 냄새가 나는 손으로 친다든가 청수에게 보낼 문자를 찍고 있을 때 뒷통수를 맞으면 더럭 성질이 돋았다. 성질이 돋아서 할아버지에게 화를 내거나 주먹을 날리게 될까 봐 무서웠다.

다행히 할아버지보다 보내기를 누른 내 동작이 빨랐다. 문자는 완결되어 청수에게 갔다.

"원숭이겠지."

기억력과는 상관없는 판단력이 할아버지에게는 있었다. 할아버지가 짓고 내가 22년을 빌붙어 살아온 집의 북쪽에 동물원이 있었다. 특별한 날이면 할아버지는 나를 데리고 동물원에 갔다. 골목과 산길을 지나 동물원까지 가는 데는 꼬박 한 시간이 걸렸다. 버스를 타면 30분 걸리는 거리였다. 동물원에 도착하면 제일 먼저 급수대에 가서 물부터 마셔야 했다.

특별한 날이 되어도 찾아오는 사람이 아무도 없던 때, 할아버지는 원숭이 우리 앞에 자리를 잡고 오래 앉아 있었다. 사람 같지만 전혀 사람 같지 않은 원숭이들이 떼 지어 소리를 질렀다. 할아버지도 꼭 원숭이 같았다.

"그럴 수도 있겠네요."

북쪽 동물원에서 원숭이 탈출 사건이 일어난 건 그동안 일곱 번 정도였다. 동물원 경비와 경찰이 공기총과 그물을 들고 동네에 나타나면 할아버지는 괜히 들떴다. 일도 그만두고 원숭이 쫓는 무리 뒤를 졸졸 따라다닌 적도 있었다. 그런 일은 할아버지가 아니라 내가 해야 할 일 같았지만 나는 아무 말도 하지 않았다.

원숭이 소동이 일어날 때마다 설쳐 대는 할아버지 때문에 사람을 닮았지만 전혀 닮지 않은 원숭이가 도무지 좋아지지 않았다. 원숭이가 동네에서 잡히든지, 다른 동네에서 잡혔다는 소식을 들으면 할아버지는 다시 일하러 갔다. 한 번은 무리를 빠져나온 세 마리 중에서 한 마리가 무화과나무에서 하루를 자고 간 적도 있었다. 하지만 특별한 날이면 오래 자기들을 지켜보던 할아버지와 나를 기억하고 일부러 찾아온 것 같지는 않았다.

그때 무성한 무화과나무 잎 사이에 몸을 숨긴 채로 밤을 새운 원숭이를 발견한 건 할아버지였다. 마치 대단한 손님이라도 맞이한 듯 할아버지는 손을 입에 대고 쉬쉬하면서 원숭이가 놀라지 않도록 신경을 썼다. 할아버지가 나무 아래 조심스럽게 먹을 것을 갖다 놓고 권하자 원숭이는 놀라서 달아나 버렸다.

그때처럼 원숭이가 내려앉았을 가능성이 전혀 없지 않았으므

로 나는 조심하면서 나무에 다가갔다. 원숭이라면 제대로 찾아
왔다. 할아버지는 아직도 원숭이를 닮았다. 얼굴은 빨갛고 오랫
동안 미장칼을 쥐었던 손은 울퉁불퉁하고 마디가 굵었다. 그때
할아버지 앞에 커다랗고 시커먼 것이 툭 떨어졌다.

2.

이치로는 그렇게 나무에서 내려왔다. 후드가 달린 두툼한 셔
츠에 무릎이 나온 트레이닝복 차림이었다. 희다 못해 창백해 보
이는 얼굴에 몇 개의 주근깨가 있었고, 목이 가늘고 길었다.

너무 놀란 나머지 나는 청수에게 상황을 알리는 문자를 보내
지도 못했다. 이치로가 엉덩이를 툭툭 털었다. 아직 그가 이치
로인지 누구인지 밝혀지지 않았을 때였다.

할아버지와 나는 옆집 개가 주기적으로 얻어맞는다는 사실
보다 훨씬 큰 충격에 휩싸였다. 이치로가 웃지 않았다면 시조
새나 원숭이보다 덩치가 크고 털색이 검은 고릴라가 떨어진 줄
알았을 것이다.

"저기, 저기, 저는 이치로, 이치로입니다."

서툴지만 단정한 한국말이었다. 놀란 상태에서도 나는 거의
습관이 된 동작으로 할아버지를 위해 큰소리로 말했다.

"이치로래요!"

할아버지가 귀를 만지며 작은 눈을 최대한 크게 떴다. 그러면서 이치로에게서 풍기는 오래 씻어 내지 않은 체취와 때 전 옷에 깊이 밴 냄새를 맡고는 코를 찡그렸다. 그리고 이어서 킁! 킁! 콧바람을 일으켰다. 서둘러 처리해야 할 일에 직면했을 때 숨을 고르는 대신 콧바람을 토하는 버릇이 할아버지에게는 있었다. 할아버지의 눈이 얼른 대문을 살피고 돌아왔다.

해마다 초록으로 칠하는 대문은 굳게 닫혀 있었다. 담은 178 센티미터인 내가 까치발을 해도 머리끝이 보이지 않을 만큼 높았고, 만약의 경우를 위한 이 동네식 조처로 꼭대기에 유리조각이 박혀 있었다.

하지만 유리조각은 꽤 듬성듬성해서 별로 날렵하지 못한 내가 담을 넘을 때도 그다지 문제가 되지 않았었다. 대문 옆에는 손톱 두 개가 들어갈 만큼의 홈이 몇 개 있었다. 우연이 만들어 낸 홈이었다. 그 홈에 발끝을 대고 담을 오르기만 하면 유리조각이 박힌 담 꼭대기에 올라서지 않고도 너끈히 집 안으로 들어갈 수 있었다. 무화과나무 굵은 가지 하나가 대문을 넘어 담에 걸쳐져 있었던 것이다.

그런데도 내가 몇 번 넘은 것을 제외하고는 이제까지 담을 기어올라 무화과나무 가지를 타고 침입한 사람은 아무도 없었다. 드문드문 도둑 소문이 돌기는 했지만 집을 짓고 살아온 이래 할아버지는 무엇 하나 잃어버린 적이 없었다. 이미 모든 것을 잃어버린 집이라서 더 이상 가져갈 게 없다는 것을 멀고 가까운

데서 오는 도둑들이 다 알고 있는 것 같았다.

땅바닥에 달라붙을 정도로 어렸던 무화과나무가 제법 보통 남자 키만큼 자랐을 무렵 한밤중에 핏덩이를 안고 웬 사내가 찾아왔었고, 이후로 핏덩이가 나무와 더불어 자랐다는 것도 동네 사람들은 다 알고 있었다. 그때 핏덩이를 안고 다녀간 사람이 사내가 아니라 여인이었다고, 여인은 몇 번 더 야밤에 다녀간 뒤에야 비로소 소식이 뚝 끊어졌다고 수정할 여지도 주지 않은 채 말이다.

할아버지도 잘 발달된 감각기관과 육감, 그리고 그 동네에서 오래 살아온 경험을 통해 이치로가 도둑이나 강도가 아닌 우연의 산물이란 판단을 내린 것 같았다. 하긴 도둑이라기엔 너무 목이 길고 얼굴이 희었다. 도둑이라고 해서 목이 길고 얼굴이 하얗지 말란 법은 없지만 오래 닦지 못한 이와 철을 맞추지 못한 허름한 차림새, 집주인과 맞닥뜨리고도 자기소개부터 늘어놓는 행동 등으로 미루어 이치로가 도둑일 가능성은 충분히 희박했다.

할아버지와 나는 뜬금없이 무화과나무에 내려온 이치로를 그냥 물끄러미 바라보았다. 이치로가 히죽 웃었다. 누런 이가 얼굴색과 대조를 이루었다. 나는 그 어울리지 않는 대비에 어이가 없어서 중얼거렸다. 웃지 말지. 그럼 예술가처럼 보일 텐데. 입은 그 사람이 살아 낸 이력을 가감 없이 보여 주는 기관이었다. 눈과 코도 마찬가지일 테고 발과 목, 손 같은 것도 마찬가지겠지만 잘 닦지도 않고 스케일링의 자취도 없이 방치된 이는 먹고 자는 것 외에는 다른 어떤 것도 생각할 겨를 없는 생활을 해 왔다는 표식이었다.

　나와 비슷한 생각을 하고 있었던지 할아버지가 흠, 소리를 내며 뒷짐을 졌다. 청수에게 문자를 찍어야 하나 말아야 하나 망설이면서 나는 이치로에게 한 걸음 다가섰다. 이치로가 한 걸음 물러섰다. 같은 동작을 몇 번 반복하자 이치로의 등이 무화과나무에 닿았다. 나는 이치로의 멱살을 틀어쥐었다. 때를 맞춰 할아버지가 나무 뒤로 돌아가서 이치로의 두 손을 뒤로 잡아비틀었다. 나무에 묶인 꼴이 된 이치로가 우이이 우억 우오오! 하고 소리쳤다.

　혼신의 힘을 다하고 있었지만 묶인 상태에서 벗어나게 해 달라는 간청처럼 들리지는 않았다. 오히려 묶임에 수긍하면서 자신을 억제하는 듯했고, 이제까지 쌓아 두었던 말들을 한꺼번에 집약해서 비명으로 내지르는 것 같았다. 그리고 어쨌든 그 소리는 폐부를 찔렀다. 멱살을 쥔 내 이마에서 비죽비죽 땀이 흘렀다. 날은 한없이 따뜻했지만 땀이 맺힐 만큼 덥지 않았다. 그런데도 비져나오는 땀을 어떻게 해야 하나 망설이고 있을 때 비명의 여운을 가라앉힌 이치로가 빤히 나를 바라보았다. 이치로가 울먹이면서 말했다.

　"잘못했고요, 미안하고요, 이치로에게 밥 좀 주세요."

　나무 뒤에서 할아버지가 물었다.

"뭐라는 거냐?"

"밥 좀 달래요!"

"거지새끼로구나."

"그런가 봐요!"

먹살을 틀어쥔 내 손에서 힘이 빠졌다. 할아버지가 이치로의
손을 놓고 천천히 나무 뒤에서 나왔다. 작은 눈을 더 작게 뜨고
서 할아버지는 차근차근 이치로를 살폈다. 담을 넘은 침입자에
게 먹을 걸 줘야 하나 내쫓아야 하나, 아니면 경찰에 신고라도
해야 하나 망설이는 눈치였다. 먹살을 쥔 손에서 힘을 다 뺀 채
로 나는 할아버지의 결정을 기다렸다.

"라면 삶은 거 가져오너라."

아주 잠깐의 사이를 두고 할아버지가 말했다. 살다 보면 감
상적이 될 필요도 있는 법이었다. 나는 망설이지 않고 현관으로
걸어가서 문을 열었다.

가스레인지의 불을 낮춰 두고 나갔음에도 불구하고 라면 국
물은 다 졸아 있었다. 면은 푹 삶아져서 스파게티를 삶아 놓은
것처럼 굵었다. 불을 끄고 코크를 잠근 다음 젓가락 세 벌과 공
기 두 개, 김치 접시를 쟁반에 챙겼다. 전기밥솥의 버튼은 취사
에서 보온으로 전환되어 있었다. 밥도 담을까 말까 망설이던
나는 곧 밥을 포기했다. 그리고 폰을 꺼내 청수에게 문자를 찍
었다.

―시조새가 아니라 이치로였어. 아무려면 어때. 라면 같이 먹

을 거야. 고2 때 너랑 가출했을 때 일주일 동안 라면 일곱 번 먹고 살았을 때 생각나. 무지 배가 고팠었다 그지?

보내기를 누르고 폰을 주머니에 넣었다. 쟁반을 드는데 몸이 휘청거렸다. 난데없는 어지러움이었다. 몸을 가누고서 나는 쟁반을 쥔 손에 힘을 주었다. 어지러움이 아니라 눈물이었다.

그때 돌아오지 않았으면 청수는 죽지 않았을까. 하루에 한 번 라면으로 끼니를 때우면서 일주일을 지내고 나자 집에 가서 밥 먹고 싶다고 내가 보챘다. 하루나 이틀쯤 아무것도 못 먹고 계속 굶을 수도 있겠지만 사흘째쯤 기적 같은 일이 일어날 수 있지 않으냐고 청수가 달랬다. 사흘 동안에 무슨 기적 같은 희망이 찾아온단 말인가. 나는 그때 청수가 죽기로 작정했다는 것을 알았다. 더럭 겁이 났다. 나는 죽고 싶지 않았다. 아니 죽을 수 없었다. 내가 죽으면 할아버지가 혼자 남게 된다는 것이 마음에 걸렸다. 비계에 올라가 일하기에 할아버지 나이는 너무 많았다. 할아버지 소원은 내가 대학생이 되는 것이었다. 동생도 있고 엄마 아빠도 있어서 자기 고민에 집중할 수 있는 청수와는 처지가 다르다고 생각했다.

만약 그때 돌아오지 않았다면 나와 청수는 어떻게 됐을까? 청수 말대로 사흘만 더 참았더라면 뭔가 특별한 일이 일어났을지, 배고픔을 참지 못해 도둑질을 했을지 알 수 있는 사람은 아무도 없었다. 청수와 나는 각자 집으로 돌아갔지만 다섯 달 뒤 청수가 아파트 옥상에서 뛰어내릴 거라는 걸 아무도 몰랐던 것처럼.

살다 보면 난데없는 일이 일어난다고 청수는 믿고 싶어 했지만 그런 일은 절대 일어나지 않는다고 잘라 버린 건 나였다. 특별한 날에 원숭이 우리 앞에 오래 앉아 있어 본 사람은 해마다 특별한 날이 다가와도 아무런 특별한 일이 일어나지 않는다는 것을 아는 법이라고. 내가 틀렸다. 그때 사흘만 더 버텼더라면 청수는 죽지 않았을지도 모르고, 자기 엄마 아빠를 다시 설득해 볼 수도 있었을 것이다. 그리고 이렇게 이치로가 떨어지는 일과 같은 난데없는 일을 함께 즐길 수도 있었을 것이다.

쟁반을 받쳐 들고 마당으로 나갔다. 열여덟에서 스물둘이 되기까지 많은 일이 있었다. 청수 생각이 났다가 안 났다가 해서 혼란스러울 때도 있었고, 갑자기 열여덟 그때로 간절히 돌아가고 싶을 때도 있었다. 청수가 죽은 까닭은 아무도 모르는 체했지만 사실은 또 누구나 다 알고 있는 사실이었다. 대학에는 절대 가지 않겠다는 나를 설득하다가 잠을 설친 할아버지가 비계에서 떨어졌고, 할아버지가 살아나기만 하면 원하는 대로 해 드리겠다는 맹세에 따라 나는 대학생이 되었다. 등록금과 생활비를 벌기 위해 여러 가지 알바를 하면서도 청수의 폰은 서랍에 잘 넣어 두었다. 하루에도 몇 번씩 청수에게 문자를 보내야 했기 때문에 폰 이용료도 꼬박꼬박 물었다.

청수는 그렇게 내 서랍 속에서 함께 살았다. 주기적으로 배터리를 충전해 주고 쌓인 문자를 지우기만 하면 더 오래 함께 살 것이다. 요금 납부를 중지하거나 폰을 없애 버릴 생각도 물론 몇 번이나 했다. 그러나 내가 죽인 것만 같은 청수를 서랍 속에서까지 치워 버릴 수는 없었다. 내게도 할아버지 대신에 엄마 아빠라는 게 있었다면, 할아버지를 부탁할 그 누구라도 있었다면 나는 청수를 배신하지 않았을까? 그랬더라면 지금쯤 청수와 나는 무엇을 하고 있을까?

몇 가지 장면이 상상되기는 했지만 그것은 언제나 흐릿했다. 가지 않은 길에 대한 지속적인 미련처럼 폰으로 남아 있는 청수를 제외하고는 모든 것이.

3.

할아버지와 이치로는 파를 심은 화분 옆에 엉덩이를 내려놓고 있었다.

이치로가 달려와서 냉큼 쟁반을 받았다. 어라? 싫었지만 그 넉살이 밉지 않았다. 이치로의 표정은 훨씬 안정돼 있었다. 이치로를 어떻게 할 것인지를 묻는 의미로 나는 할아버지를 쳐다보았다. 슬쩍 눈길을 피하면서 할아버지가 말했다.

"배고프다. 어서 먹자."

냄비 뚜껑을 연 할아버지가 두 개의 공기에 면을 덜었다. 국물은 한 방울도 없었고, 할아버지가 좋아하는 파는 너무 오래 삶아서 물렁물렁해져 있었다. 두 개의 공기를 채우고 나서 냄비를 차지한 할아버지가 불어터진 면을 먹기 시작했다. 나는 조금 난감한 기분으로, 이치로는 허겁지겁 라면을 먹었다. 제일 먼저 그릇을 비운 이치로와 내 눈이 마주쳤다. 꽤 크다 싶은 눈동자가 희미하게 흔들렸다.

나는 면을 입에 문 채로 이치로의 눈을 들여다보았다. 까맣고 짙은 속눈썹이 눈매를 깊어 보이게 하는 눈이었다. 그러고 보니 창백하다 싶을 만큼 흰 얼굴과 깎은 듯 오똑한 코며 긴 목이 낯익었다. 그때 이치로가 멋쩍게 웃었다. 누런 이만 아니라면 꽤 닮았다 싶은 모습, 청수였다.

처음 발견되었을 때부터 낯선 침입자라는 경계심이 그렇게 크지 않았던 건 그 때문이었던 것이다. 닮았다는 느낌은 없는데도 어쩐지 청수처럼 여겨지는 구석이 이치로에게는 있었다. 원숭이 아닌 할아버지가 꼭 원숭이처럼 여겨지는 것처럼 말이다. 물고 있던 면을 급하게 삼키고 나는 일어섰다.

현관 올라가는 계단에 시름없이 앉았다. 내가 남긴 라면을 순식간에 먹어 치운 이치로가 어수선하고 그늘이 많은 집을 둘러보았다. 나무에 이르러 이치로의 고개가 갸우뚱해졌다. 가을이면 해마다 무화과나무를 베어 버리겠다고 열을 올리는 내게 청수가 해 보이던 바로 그 제스처였다.

올해는 몇 번이나 청수에게 약속한 대로 무화과나무를 잘라 버릴 작정이었다. 지난가을에도 무성한 낙엽을 자루에 담아서 이른 새벽 아무도 없는 산까지 버리러 가야 했다. 큰 자루를 들고 무려 다섯 번이나 말이다. 나무 아래 쌓아 두고 썩기를 기다리기에 낙엽의 양이 엄청났기 때문이었다.

나무를 벨 시기도 정해 두었다. 푸르고 싱싱한 잎을 처리하기란 여간 곤란한 일이 아닐 것이고, 또 기왕 달린 열매는 따야 했다. 무화과나무가 내주는 열매는 밍밍한 맛이었지만 할아버지가 잘 말려 주면 달고 쫄깃했다. 열매를 따고 낙엽이 지면 아름에 가까운 둥치나 가지들을 잘라 어떻게 할 것인지에 대한 계획은 아직 세우지 않았다. 청수라면 마땅한 방법을 찾아낼지도 모른다.

"너, 일본에서 왔냐?"

이치로에게서 자꾸 청수가 어른거리는 것이 마뜩치 않아서 나는 짐짓 위압적으로 물었다. 이치로가 기다렸다는 듯 냉큼 내 발치에 와서 앉았다. 빈 냄비와 그릇을 챙긴 할아버지가 이치로 옆에 서서 귀를 만졌다.

"일본 맞지만 그건 오래전 일이고요, 지금은 동물원에서 왔습니다. 내 생일이 되면 엄마가 꼭 동물원에 데리고 가 줬거든요."

할아버지가 내게 하듯이 나는 이치로의 뒤통수를 후려쳤다.

"니가 무슨 원숭이냐? 동물원에서 오게. 동물원에 갔다 왔습니다, 라고 하는 거야."

이치로가 뒤통수를 긁적이는 것을 보고 할아버지가 물었다.

"어쩌다 이 꼭대기 동네까지 왔대?"

나는 할아버지가 잘 들을 수 있도록 큰소리로 말했다.

"일본앤데요, 동물원 구경 왔다가 길을 잃었대요. 거짓말 같아요."

다시 뒤통수를 치려고 팔을 을러매자 이치로가 발딱 일어섰다.

"거짓말 아니에요. 어제 내 생일이었고요, 혼자 동물원에 갔어요. 그런데 입장료가 없어서 못 들어갔어요."

말끝에 비죽이 울음을 무는 것이 거짓말 같지 않았다. 잘생긴 일본애가 어쩌다 거지꼴로 남의 집 담을 넘게 됐는지 모를 일이었다.

"너 몇 살이냐? 몇 살인데 동물원 타령이냐?"

뒤통수치기를 포기하고 내가 물었다. 할아버지도 이치로의 나이가 궁금한지 귀를 만졌다.

"스물두 살이요."

나는 할아버지에게 큰소리로 말했다.

"스물두 살이래요!"

"너 모자라지? 모자라서 여기가 어딘 줄도 모르지?"

내가 이치로를 다그쳤다.

"아니야, 아니야. 이치로 모자라지 않아요. 엄마 찾으러 왔고, 지금 찾고 있는 중이라고요. 엄마 찾으면 우리나라 우리 집에 갈 거라고요."

나는 이치로의 말을 믿지 않았지만 할아버지에게 그대로 전해 주었다. 고개를 끄떡인 할아버지가 이치로의 머리를 쓰다듬었다.

어린애처럼 머리를 맡긴 이치로의 눈에 눈물이 어렸다. 눈물 같은 건 보이고 싶지 않다는 듯 이치로가 후다닥 몸을 돌려 마당 귀퉁이에 있는 수도꼭지를 향해 걸어갔다.

한바탕 물을 마시더니 얼굴과 머리까지 씻고 나서 이치로는 돌아왔다.

"라멘 잘 먹었습니다. 덕분에 좀 더 걸을 수 있겠어요."

허리를 꾸벅 숙이고 나서 이치로가 대문을 쳐다보았다. 할아버지는 작은 눈을 더 작게 뜨고 이치로에게 말했다.

"감자 삶을 테니 먹고 가거라."

조금 서두르는 기색으로 할아버지는 현관문을 열고 들어갔다. 나는 폰을 꺼냈다.

─할아버지는 이치로가 너인 줄 아는지 감자를 삶겠대. 좀 닮긴 했다.

보내기를 누르고 고개를 드니 이치로가 보이지 않았다. 이 주 제넘고 넉살 좋은 놈이 집 안에까지 들어갔구나 생각하면서 나는 왈칵 현관문을 열었다. 감자 껍질을 벗기고 있던 할아버지가 고개를 들었다.

"이치로는요?"

집 안을 두리번거리며 내가 물었다. 할아버지가 감자 껍질 벗기던 손으로 귀를 만졌다. 집 안에 이치로는 없었다. 그럼 어디

로 갔단 말인가. 물어봐야 할 것이 한두 가지가 아닌데 사라져
버리다니, 괘씸하고 어이가 없었다.

　나는 열린 대문 밖으로 뛰어나갔다. 비탈이 심한 길 저쪽에
가물가물 누군가 걸어가는 것이 보였다. 그가 이치로인지 아닌
지 알 수 없었지만 나는 그 자리에 선 채로 점점 멀어지는 그 모
습을 지켜보았다.

점심의 종류

블라인드를 올리고 밖을 내다본다. 육 층에서 내려다보는 바깥은 고요하다. 이른 가을, 잔잔한 바람이 지나가는지 화단의 나뭇잎이 아주 조금 흔들린다. 숲에는 떨어진 나뭇잎이 이끼와 돌을 덮고 있을 즈음이다. 현관을 나가서 오른쪽으로 가면 숲으로 가는 길이 있다. 오십 미터 간격으로 의자가 있고, 의자 아래에는 담배꽁초나 껌 같은 것이 떨어져 있다. 사람들이 드문드문 오가고, 가끔은 개들도 지나가는 길이다. 숲에서는 여전히 나무들이 자라고, 자란 나무들의 가지는 잘리거나 굵어지고 있을 것이다.

숲에 가지 않고 지낸 지 십 년이 됐다. 숲에만 가지 않은 것이 아니다. 옷가게라든가 과일가게, 빵집 같은 곳에도 가지 않았다. 집과 일터 외에 목적하고 가는 곳을 영애는 꼽아 본다. 은

행. 월급이 들어왔는지, 전기료와 관리비, 전화 요금 같은 것이
잘 이체되고 있는지 확인한다. 시장. 김치와 무장아찌, 양말 같
은 것을 산다. 바다. 회한이 치밀어 오를 때는 유미를 담그고 있
는 바다에 간다.

　노천 주차장에는 먼지가 가득 앉은 그녀의 차가 있다. 지난
달 차는 유미에게 가다가 톨게이트를 눈앞에 두고 멈춰 버렸다.
돌보지 않음에 항의라도 하듯 갑자기. 뒤따르던 차들이 정체를
견디다 못하고 늘어섰다. 선글라스를 낀 마흔줄의 남자가 선글
라스를 끼지 않은 등산복 차림의 남자 둘과 함께 차에서 내렸
다. 그들은 영애의 차를 갓길로 밀어붙이고 침을 퉤 뱉고 가 버
렸다. 그 모든 일이 진행되는 동안 그녀는 운전석에 가만히 앉
아 있었다. 한 건을 노리고 달려온 견인차 기사는 차가 멈춘 원
인이 오일 오프 때문이라는 걸 알고는 제풀에 화를 냈다. 주유
소에 가는 건 늘 지철의 일이었다. 지철의 출퇴근 거리가 멀기
도 했고 외근이 잦아서 산 차였다. 그 차를 타고 바다에 갈 때
마다, 차가 집에 도착하던 날이 생각났다. 환하게 웃던 지철과
팔짝거리며 좋아하던 유미였다. 우리에게도 차가 생겼어. 이제
어디든 갈 수 있게 됐어. 그들이 차를 타고 첫 주말 나들이를 한
것은 교외에 있는 숲이었다. 돗자리며 도시락에 아이스박스까
지 싣고도 넉넉히 자리가 남아 이듬해에는 텐트까지 장만했다.
지철이 텐트를 치고 영애는 버너에 코펠을 올려 찌개를 끓였다.
삼 년도 채 못 가 시들해지고 말았지만 몇 번의 캠핑에 대한 추

36

억은 차 구석구석에 고스란히 남아 있었다.

유모차를 밀며 103동에서 나온 여자가 상가 쪽으로 걸어간다. 사람이라곤 여자와, 유모차에 담겨 있을 아이뿐이다. 이곳의 정오는 늘 정적이다. 정오에 이곳 사람들은 점심을 먹으며 집에 있거나, 점심을 먹으러 외출했을 것이다. 그보다 일찍 많은 사람들은 일하러 가거나 학교에 갔을 것이다. 그보다 일찍보다 조금 늦게 또 어떤 사람들은 휘트니스 클럽이나 백화점에 갔을 테고 더러는 병문안을 가기도 했겠지. 그중 몇은 법원이나 변호사, 회계사, 부동산중개업자에게 갔을지도 모른다. 드물기는 하겠지만 어쩌면 몇은 시 창작 강의나 사진 강좌 같은 걸 들으러 갔을 수도 있다. 이렇게 바깥을 내다보며 서 있는 사람도 혹 있을 것이다.

영애는 유모차와 여자를 주시한다. 이 시간쯤에 종종 걸음으로 나타나는 여자는 대개 집안일을 두 시간 정도 해 주고 돌아가는 가사도우미일 확률이 높다. 지금 유모차를 밀고 있는 여자는 아이돌보미일 수도 있고, 아이를 돌봐 주러 온 할머니일 가능성도 있다. 하지만 육 층에서 보기에 여자의 다리는 길고 머리는 어깨에서 보기 좋게 찰랑거리는 것이, 아이 엄마 같다.

하지만 여자가 누구든 무슨 상관이란 말인가. 어차피 이곳 사람들은 서로를 모른다. 조금 전 지나친 사람이 빈집털이범이나 소시오패스일 수도 있고, 우울을 견디다 못해 자살을 몇 번 시도한 사람일 수도 있다. 상가가 있는 입구에서 205동까지 오는 동안에 돈을 빌려주고 떼인 사람과 남의 돈을 떼먹은 사람을 지나치기도 할 것이고, 주식투자에 대부분의 시간을 할애하는 사람이 지나간 보도블록 위에 그녀의 발이 지나가기도 한다. 게임중독자나 여러 종류의 해킹프로그램을 가동하는 재주를 가진 컴퓨터 페인, 사람이라면 진저리를 치는 히키코모리, 건설업자, 사채업자, 베이커리 주인이 서로 정체를 알지 못한 채 엘리베이터에 함께 있을 수도 있다.

또 그들 중에 국회의사당이나 시청 광장 같은 곳에서 영애가 같은 처지의 사람들과 함께 극도의 절망감과 간절함을 담아 침묵시위를 하고 있을 때 비난을 일삼던 사람들이 섞여 있을지도 모른다 생각하면 차마 고개를 들 수가 없다. 그래서 영애는 늘 고개를 숙이고 사람들의 시선을 피한다. 무슨 일이 일어나도 곁눈질하지 않으려고 발끝만 쳐다본다. 사람들에게 일어나는 일에 무관심해지기 위해서이기도 하다. 십 년 전에는 가끔 말을 걸어오기도 하던 사람들이 이제는 누구도 말을 걸지 않는다는 것이 오히려 안심이 된다.

유모차가 상가로 들어간 뒤 영애는 창가에서 물러선다. 정오이고, 밥을 먹어야 하는 시각이다. 밥 먹기 전에는 손을 씻어야 한다. 욕실로 가서 세면대 앞에 선다. 제복과 캡을 벗는다. 캡이 벗겨지기를 기다렸다는 듯 머리카락이 부풀어 오른다. 말썽쟁이 아이처럼 머리카락은 제멋대로 자라 있다. 어제, 푸석푸석한 것이 하도 뻗치기에 가위로 대충 잘라 버렸다. 물끄러미 거울을 본다. 움푹 들어간 눈자위, 블랙헤드가 박힌 코와 빰, 막무가내로 닫힌 입…. 깡마르고 윤기라고는 없는 여자가 그림자처럼 조용히 거울 속에 있다.

손을 닦고 욕실을 나오는데 폰이 울린다. 폰은 거실 소파에 던져둔 가방에 있다. 천천히 걸어가서 가방을 연다. 폰을 꺼내 들여다본다. 영미다. "왔지? 나 지금 올라간다." 엄마 죽고 유일한 피붙이로 남은 영미다. 잘 울고 매우 보채던 어린것이 벌써 마흔을 넘겼다. 한 달에 한 번 정도이던 영미의 방문이 지난달부터 사흘 간격으로 좁혀져 있다. 무슨 일이 있는 걸까. 제발 아무 일도 없어야 할 텐데.

가슴에서 자그락자그락 깬돌을 밟는 소리가 난다. 무슨 일이 있는 걸까. 세상 어느 곳에 무슨 일이 일어나도 상관없지만 영미에게만은 아무 일도 없어야 한다. 냉장고로 간다. 물을 마시고 전기밥솥을 열어 본다. 어제 저녁 지어서 보온해 둔 밥이 있다. 노리끼리하게 색이 변한 밥이 담긴 내솥을 쟁반에 올리고 수저와 김치, 무장아찌와 물 한 컵을 챙긴다. 시장에서 산 김치에서는 시큼한 냄새가 나고, 무장아찌는 곰팡이가 피어 있다. 거실로 가서 TV와 외장형 수신기를 켠다. 되도록 입을 크게 벌리고 밥 한 숟가락을 욱여넣는다. 장아찌 한 쪽과 물 한 모금을 섞어 목구멍으로 넘긴다.

구식 외장형 TV수신기는 그제야 로딩을 마무리한다. 외장형 수신기는 저소음형 벽걸이 시계라든지, 수많은 흠집이 그 자체로 액정화면이 되어 버린 폰, 뒷꿈치가 나달나달해진 플라스틱 슬리퍼나 끈이 떨어진 운동화, 때가 묻고 색깔이 변한 토트백 같은 것들과 함께 영애의 2024년에 와 있다. 그동안 여러 곳에 자동차 전용도로가 생겼고, 지하철 노선 두 개가 개통되었으며, 신용카드의 유효기간은 세 번이 지났다. 엄청나게 많은 일이 일어났지만 실제로는 아무 일도 일어나지 않았다. 영애는 그렇게 생각한다. 아무 일도 일어나지 않았다는 건 상황이 달라지지 않았다는 뜻이다. 사실 십 년 전이나 지금이나 달라진 건 아무것도 없었다. 유미는 돌아오지 않았고 유미를 잃은 상처는 조금도 아물지 않았다. 그것만이 엄연한 현실이다.

밥 한 숟가락을 더 욱여넣고 3, 0, 9를 누른다. 제목이 뜬다. 태극기 휘날리며. 화면에 눈을 대고 다시 밥 한 숟가락. 이 오래된 영화는 몇 번이나 보았다. 현실이 아닌 영화라서 다행이야 생각하는 사이, 장민호가 전화를 받는다. 전화는 갑작스러운 것이지만 이미 여러 번 받은 적이 있는, 기다리던 전화다. 국군 유해수습위원회 소속의 젊은이가 정중하지만 힘 있는 목소리로 장민호의 이름과 성을 묻는다. 예. 제가 이진석입니다. 이름이 확인되지 않은 젊은이가 다시 말한다. …혹시 이진태… 확실하지 않지만 혹시나 해서요…. 전화를 끊고 장민호가 멍한 표정을 짓는다. 예쁘고 발랄하며, 사려 깊은 태도로 조윤희가 다가든다. 할아버지. 큰할아버지 소식인가요? 장민호는 애매한 태도로 말을 흐린다. 아, 아니.

바뀐 장면. 장민호가 옷을 갈아입는다. 낡은 책상 서랍을 열어 알약을 챙긴다. 지병이 있을 때도 됐지. 저 나이가 되어서도 변함없이 힘껏 달리고 섹스하고 먹어 대야 한다면 얼마나 지루할까. 나이를 먹고 병이 생긴다는 것이 이제 그만 살아도 된다는 예고를 받는 것이라면 괜찮은 진행인 셈이다. 사진틀 두 개가 장민호의 시선으로 잡힌다. 그중 하나의 사진틀에 끼어 있는 사진에서 조윤희의 모습이 확인된다. 최근에 찍은 가족사진이다. 장민호가 그 옆의 사진틀을 집어 든다. 앉은 이영란 뒤로 장동건과 원빈이 나란히 서 있다. 멈칫거리는 장민호의 손, 만감이 교차하는 얼굴. 옷장 문을 열고 장민호는 오래된 대나무 상자를 꺼낸다. 다갈색의 구두 한 켤레 클로즈업.

구두가 사라지면서 영화 속 시간이 거꾸로 가기 시작한다. 생기발랄한 장동건과 원빈, 그리로 이은주가 화사하게 웃는다. 그때 영미가 들어온다. 거꾸로 가고 있는 시간을 되돌리듯 영미가 쟁반 옆에 가방을 툭 던진다. "이걸 밥이라고 먹어?" 힐난인지 걱정인지 종잡을 수 없는 투다. 힐난이기도 하고 걱정이기도 하겠지. 묵묵히 밥 한 숟가락을 푹 뜬다. 그래. 이건 밥이 아니다. 영애는 밥 아닌 밥을 입에 넣는다. 밥과 장아찌를 씹는 입 저쪽, 어금니 하나가 시큰거린다. 어쩌다 밥알이 푹 빠지기도 하는 그 어금니는 썩어 뿌리만 남아 주기적으로 지독한 통증을 불러일으킨다. 치통은 모멸스러운 것이다. 발뒤꿈치에 두툼하게 앉은 각질이라든가, 큐티클이 자라는 손톱, 수북한 겨드랑이 털 같은 것들처럼, 치통이 올 때마다 영애는 십 년 전으로 되돌아간다. 그렇게 십 년째 치통과 함께 밥을 먹는다. 치통과 먹는 밥은 밥이 아니다. 귓밥이나 걸레, 제 손으로 대충 자른 머리카락과 변기 뚜껑, 제멋대로 퍼져 자란 눈썹과 굽이 낮은 구두 같은 것들과 함께, 여름옷과 겨울옷에서부터 가방, 신발에 이르기까지 거의 모든 낡은 것들과 함께, 베란다의 빨래대며 에어컨 실외기, 텔레비전 리모컨과 이불, 베개 같은 것들과 함께 영애는 치통의 발발지점에 머물러 있다.

"여기 205동 602혼데요, 볶음밥 두 개요. 최대한 빨리요." 가방 옆에 앉은 영미가 중국집에 주문을 한다. 그리고 한결 누그러진 투로 말한다. "볶음밥 먹고, 미장원 가자. 머리가 이게 뭐야?" 영미가 뻗쳐 오른 영애의 머리카락을 잡아당긴다. 울컥 눈물이 솟으려는 걸 감추느라 영미 손을 떨친다. "캡 쓰면 돼." 작업용 캡을 쓰면 아무리 잘 다듬은 머리도 한 가지 포즈로 나오게 되어 있다. 동료들은 일이 끝나면 캡을 벗고 난 뒤 움푹 들어간 자국을 고대기로 펴고 유니폼을 갈아입지만 영애는 캡을 쓰고 유니폼을 입은 채로 집에 온다. 아이가 살아 있는 이들은 아이를 잃은 여자의 뒤에서 수군거린다. 저 여자, 애가 죽었대. 안됐어, 참. 하지만 저 꼴이 뭐야. 십 년이나 됐다면서 정신을 못 차리고. 회사에선 저런 여잘 왜 안 자른대? 더럽고 기분 나빠. 그때 그 사고로 특별법이라는 걸 만들어서 제 발로 나가기 전엔 못 자른대. 보상금도 꽤 받았을 건데 왜 꾸역꾸역 나오나 몰

라. 그래도 너무하는 거 아냐? 이 자리라도 구하려고 목매달고 있는 사람 줄을 섰는데, 웬 특혜냐고. 일터에서의 따돌림은 고통스럽지만 견딜 만하다. 영애는 돈을 벌기 위해서 일하는 게 아니다. 일을 하면서 고통을 잊으려는 것도 아니다. 캡을 쓰고 작업복을 입으면 유미가 사라지기 전의 시간 속으로 갈 수 있기 때문이다. 기어코 되돌려 놓고 싶은 순간이 거기 있기 때문이다.

영미가 숟가락을 뺏으려 한다."미장원 갔다가 옷도 좀 사자." 완강하게 뿌리치면서 영애는 쟁반을 들고 뒤로 물러난다. 영미가 깬돌의 모서리처럼 모난 눈으로 노려본다. 그러고 보니 영미는 방금 미장원에 다녀온 모양이다. 사흘 전보다 머리가 조금 짧아졌고, 헤어에센스 냄새도 난다. 물 한 모금 마신 영애는 영미가 가리고 있는 텔레비전을 보기 위해 목을 뽑는다. 중학생 모자를 쓰고 교복을 입은 장동건과 원빈이 구두를 구경하고 있다. 선명한 다갈색의 구두 한 켤레에 모아지는 장동건과 원빈의 눈. 장동건과 원빈의 시간이 전진하고 있는 가운데 영애의 시간은 후진을 계속한다. 다갈색 스웨이드 신발을 신은 유미가 콩콩 발을 구른다.

유미의 손에는 아이스크림이, 영애의 손에는 캔커피가 들려 있었다. 볕살 좋은 봄날이다. 유미가 눈을 찌푸리며 손으로 해를 가린다. 유미는 새로 산 스웨이드 신발을, 영애는 유미가 신던 낡은 운동화를 신고 있다. 유미가 영애를 껴안는다. 구두에,

옷에, 정말 고마워, 엄마. 나 취직해서 월급 받으면 엄마 다 줄게. 그래, 그래라. 그땐 엄마 청소일 그만두고 쉬기만 해. 알았지? 그래, 그러자. 유미와 영애는 햇살을 받으며 걷는다. 그래, 그래라. 우리 유미 취직하면 나 청소일 그만둘게. 영애는 중얼거린다. 그래, 그랬지. 우리 유미 취직하면 나 일 그만두고 쉬기로 했지. 그런데 우리 유미 아직 취직을 못했어. 그래서 내가 일을 쉴 수가 없어. 일을 하려면 먹어야지. 먹어야 일을 하지.

화면이 갑자기 사라진다. 영미가 눈앞에서 리모컨을 흔들고 있다. "이러고 있는 거 유미가 다 보고 있을 거란 생각은 안 해봤어? 유미도 이제 그만 언니가 편안해지길 바랄 거야. 이제 그만하자, 우리. 난 지쳤어." 영미를 향해 물이 담긴 컵을 집어던진다. 컵이 소리를 내며 바닥에 떨어진다. "난 그만두지 않을 테야. 왜냐고? 모두들 그만두길 원하니까. 그래서 그만두지 않을 거야." 걸레를 가져와 엎질러진 물을 닦으며 영미가 맞고함을 지른다. "알았어. 알았으니까 계속해. 계속하라고. 실컷!" 곱슬곱슬한 영미 머리카락이 출렁거리면서 흔들린다. 영미 머리카락이 아래위로 왔다 갔다 한다. 나이를 먹어도 싱싱하고 탄력 있는 머리카락을 가진 영미가 운다. 영미와 함께 유미가 운다. 엄마. 이제 그만 날 잊어버려. 유미가 울면서 말한다. 영애는 입술을 꼭 문다. 나도 그러고 싶다. 지난 일이라 치고 다시 처음부터 살고 싶을 때도 있다. 하지만 그것은 아주 잠깐일 뿐, 나는 다시 잊지 못한다. 있었던 일을 없었던 일로 하라니, 내 머리를 갈라 모든 기억을 꺼내 버리렴.

계란 노른자와 다시마 가루로 만든 헤어팩을 잔뜩 바르고서 영미와 유미는 나란히 앉아 있곤 했다. 유미와 영미는 죽이 잘 맞았다. 엄마 노릇의 십분의 일은 영미가 했다고 해도 좋을 것이다. 그랬던 영미가 이제 그만 유미를 잊으란다. 서운하고 야속하고 밉다. 고통도 오래되면 지병처럼 지긋지긋해지는 것이다. 그래서 그만 잊어버리고 싶은 것이다. "보기 싫거든 오지 마. 너 없이도 살아." 중얼거리고서 영미를 외면한다. 입은 밥을 씹고 있는데 머릿속에서는 깬돌들이 모난 모서리를 서로 부딪치고 있다. 장아찌를 씹던 이가 혀를 건드렸다. 씹던 일을 멈추고 얼른 물을 마신다. 그날도 이렇게 심하게 혀를 깨물었다. 대단한 음식을 먹은 것도 아닌데 혀를 깨물었고, 입안이 계속 불편했다.

네온이 불야성을 이룬 유흥가. 대형 빌딩에서 쏟아져 나온 쓰레기가 주차장 한쪽에 태산처럼 쌓이는 시간. 영애는 십칠 층 룸을 청소하고 있었다. 술 냄새, 담배 냄새가 가득 차 있었다. 환기를 위해 창문을 열었을 때 세찬 바람 한 줄기가 들이닥쳤다. 꽃병이 넘어지면서 동료의 발등을 찍었다. 빌딩과 빌딩 사이로 가끔 용오름이 지나간다더니, 그런 것인가 여겼다. 그런데 보이지 않지만 느낄 수 있는 시커먼 어떤 것이 바람을 타고 들어온 것 같았다. 오래 고인 물에 산다는 물컹거리고 기이한 큰 빗이끼벌레 같은 것이 몸을 옥죄는 듯 숨이 막혔다. 뭐야, 이 기분 나쁜 냄새는? 동료가 투덜거리는데 또로롱 문자벨이 울렸다. 유미. 위젯을 끌어당기자 큰빗이끼벌레 같은 것이 창밖으로 쑤욱 빠져나가갔다. 좋은 아침. 아빠와 난 잘 잤고, 기분도 좋아. 엄마만 남겨 놓고 와서 미안. 문자를 읽고 있는데 유미의 검고 탐스런 머리카락이 얼굴을 머릿속을 싹 스치고 지나갔다. 고약한 냄새를 지우면서 유미가 쓰는 샴푸 냄새가 났다. 고작 하루가 지났을 뿐인데 유미가 보고 싶었다. 넌 꼭 대학에 보내 줄게. 마음을 다잡고 다시 일을 시작했다. 십 분이나 지났을까. 지철에게서 전화가 왔다. 배가 기울었어. 뒤집어질 것 같아. …유미, 유미가 안 보여. 화장실 간다고 했는데…. 지철의 목소리는 심하게 떨리고 있었다. 세상에 하고 많은 사건 사고가 일어나도 그게 다 남의 일인 줄 알았다. 그런데 큰빗이끼벌레처럼 낯설고 무섭고 불길한 어떤 것이 갑자기 나타났다 사라졌을 때, 일은 이미 터져 있었던 것이다.

영미에게서 리모컨을 뺏는다. "이러다 죽겠어. 차라리 죽어 버려. 그러면 잊을 거잖아. 유미한테로 가, 차라리!" 말 끝에 영미가 쿨쩍거린다. 사흘 전 정오에도 영미가 왔고, 볶음밥이 배달되었다. 텔레비전이 꺼졌고 물이 쏟아졌으며 쿨쩍 소리도 났다. 이 반복이 영화라면 얼마나 좋을까. 걸레를 빨아 바닥을 닦고, 엘리베이터를 타고 오르락내리락하면서 청소를 하는 일, 어설픈 밥을 먹고 자는 듯 마는 듯 밤을 지내는 일, 신발을 신거나 세탁기의 버튼을 누르는 일, 이불을 덮고 다리를 웅크리는 일이 이미 본 영화라면…. 그런데 사는 건 영화가 아니다. 매번 똑같은 일이 일어나는 것 같지만 영화처럼 엄밀하게 똑같지 않다. 비슷하게 재현되는 장면에는 약간의 변화가 있고, 그 변화는 보이지 않게 조금씩 바뀐 미래를 가져온다. 장면의 균열과 변화가 그것을 말해 준다. 지금 여기 있지만 십 년 전의 그것이 아닌 리모컨, 지금 여기 있지만 십 년 전의 그 사람이 아닌 영애, 지금 여기 있지만 십 년 전의 영미가 아닌 영미, 매일 조금씩 희미해지고 있는 유미. 그렇기 때문에 영애는 살아 있어야 했다. 내 속에서도 점점 희미해지는 유미를 누가 기억해 줄까? 질문을 담은 눈으로 영미를 본다. 영미에게 유미가 겹쳐진다. 잠 어린 눈을 비비며 식탁에 앉던 유미, 책가방을 메고 팔짝팔짝 뛰어서 목에 매달리던 유미, 젖은 머리카락으로 물을 뿌리며 환히 웃던 유미…가 영미처럼 있다.

슬픔이 서슬처럼 담긴 눈길에 영미가 주춤하는 사이 초인종이 울린다. 영미는 얼른 영애 앞을 벗어나 조르르 현관으로 달려간다. 배달원이 철가방을 내려놓는다. 영애는 리모컨을 누른다. 3, 0, 9. 전쟁터에도 휴식은 있다. 잠시 문명인이 된 병사들은 장난을 친다. 원시인처럼 먹고 자며, 원시인처럼 흥분하여 싸우지만 또 원시인과도 같은 순수한 의지로 병사들이 휴식한다. 바뀐 장면. 포연 속에서 장동건이 포복하고 있다. 바로 곁 병사가 쓰러진다. 연발 총성. 장동건이 수류탄을 던진다. 장동건이 병사 셋과 함께 사이드로 빠지면서 원빈을 따돌린다. 돌격

하는 장동건 뒤로 건물이 무너지고 파편이 튄다. 바뀐 장면. 장동건이 북한군과 육탄전을 벌인다. 엄호를 맡은 북한군이 장동건과 맞총질하다 죽는다. 이름을 알지 못하는 배우들이 스러지는 장면을 지나 태극기가 휘날린다. 병사들이 평양에 입성한다. 거수경례하는 장동건과 원빈.

볶음밥이 담긴 접시 두 개와 단무지, 양파와 중국 된장에는 랩이 씌워져 있다. 영미는 수저를 싼 종이와 볶음밥을 덮은 랩을 벗긴다. "먹자, 제발." 영애는 화면을 가린 영미의 등을 민다. "비켜." 옆으로 밀려난 채로 영미가 볶음밥을 먹는다. 볶음밥이 냄새를 피운다. 영애는 볶음밥을 기억한다. 그것은 몇 가지 야채를 잘게 썰고, 그것을 싸구려 고기 볶은 것과 섞어서 만든 음식이다. 영미가 막 랩을 벗긴 단무지는 절인 무에 설탕이나 사카린으로 단맛을 내고 약간의 식초를 뿌린 것이다. 양파는 가을에 심어 봄에 거두는 채소이며 동그랗게 생겼고, 여러 겹의 외피를 가지고 있다. 또 그것은 단맛과 매운 맛을 내는 것으로 여러 가지 음식에 양념으로 쓰인다. 새까맣고 진득한 중국 된장은 밀가루와 소금을 발효시켜 만든 재료에 캐러멜과 같은 첨가물을 넣은 것이다….

피투성이가 된 원빈이 난투극을 벌이고 있다. 상대 배우는 아직 모른다. 몇몇 조연들에게 관심을 기울이는 것도 최선을 다하는 태도인 체하는 것이 관객이다. 그녀도 엄연한 관객이다. 영애에게도 권리가 있다. 영화를 볼 권리, 맛있는 음식을 먹을 권리, 좋은 옷을 입을 권리 같은 것이 분명히 있다. 그 엄연한 권리를 누가 빼앗아 버렸는가. 온몸이 불에 타는 것처럼 뜨거워지는 것만 같다. 얼른 화면으로 눈을 돌린다. 불탄 시체들. 앙상하고 시꺼먼 뼈들. 장동건이 잿더미 속에서 만년필을 집어 든다. 표정이 침통하다. 새까만 뼈로 남은 하나의 목숨에, 하나의 목숨이었던 새까만 뼈에 장동건이 손을 얹는다. 전쟁터에서 병사들은 참혹하게 죽지만 조용히 묻힌다. 더러는 묻히지 못하고 흙더미 위에서 썩는다. 목숨을 밟고 지나가는 탱크. 밥알처럼 으스러지는 뼈. 수없이 많은 유미들.

영미가 볶음밥 접시를 들이민다. "먹어, 좀. 언니 볶음밥 좋아하잖아." 못 들은 척한다. 옛날 일이다. 볶음밥을 좋아했고 만두를 좋아했다. 하지만 진흙이 메워진 것 같은 머릿속, 누런 위액이 구석구석 고여 있는 것 같은 뱃속, 스멀거리는 통증과 가려움으로 채워진 뼈와 살…. 고통의 증거들 속에서 배회하는 기억이 식욕을 가로막고 있다. 물끄러미, 영미를 본다. 음식은 이제 머릿속에 저장된 하나의 지식에 지나지 않는다. 유미가 마음속에 있는 한 어떤 음식도 받아들일 수 없다. 음식을 넣으면 속에 있던 유미가 그것을 몽땅 뒤집어쓰고 말 것 같다. 반찬투정 없던 유미였지만 오래 보온된 밥과 시장에서 파는 김치, 무장아찌는 도저히 안 넘어간다고 했다. 김치가 떨어지면 어설픈 깍두기를 만들어 놓기도 했다. 영애는 유미가 먹지 못하게 된 음식을 먹지 못하게 됐다. 유미가 싫어하던 것만 그나마 조금 먹을 수 있다. 어디에 있니? 점심은 뭘 먹니? 매일 주고받던 말의 기억을 다 잊어버린 뒤라면 모를까.

러닝셔츠 차림의 오지호가 원빈에게 다가간다. 장동건을 찾아보자고 한다. 원빈이 격하게 받아친다. 나하고 상관없다고 했잖아. 훈장 못 받아서 환장한 인간이니 그 인간 죽든 말든 알게 뭐야. 오지호에게서 멈춘다. 선한 입매. 깊고 큰 눈. 주의해서 보지 않았지만 어느 때부턴가 주의해서 보게 된 배우다. 오지호가 화면에서 사라지기를 기다린다. 지철은 길게 찢어진 눈이었으나 입매는 묘하게 오지호를 닮았다. 눈 뜨고 웃어. 영애는 자주 지철을 놀렸다. 눈 작은 사람 간은 크다던데. 어, 그런가… 그런가 보군. 지철은 잘 웃었고 웃을 때면 눈이 거의 감겨 버렸다.

유미는 죽었지만 그가 살았다는 것이 한동안은 위로가 됐다. 최소한 고통을 함께 나눌 상대가 있었으니까. 하지만 가기 싫다는 걸 억지로 떠밀어 보낸 영애와, 같이 아침밥 먹고 유미가 화장실 간 사이에 무릎까지 차오른 바닷물을 헤치고 혼자 살아나온 지철은 자신들이 고통을 공유하고 있을 뿐 아니라 그것으로 서로를 찌를 날을 고대하고 있었다는 것까지는 몰랐다. 그것을 알아차리기에는 너무 경황이 없었던 것이다. 순항 중이던 배가 왜 갑자기 선로를 바꿨고, 그처럼 큰 여객선이 왜 순식간에 속수무책 뒤집어졌는지, 스스로의 판단에 따라 살 길을 찾아 뱃머리로 나온 일흔일곱 외에는 왜 단 한 사람도 구조될 수 없었는지, 살지도 죽지도 않은 마흔여섯은 도대체 어디로 사라졌

는지, 도무지 알 수 없는 일들이 꼬리에 꼬리를 물고 계속되면
서 유미의 죽음이 심연처럼 가라앉을 때, 마침내 고통은 고통끼
리 부딪쳤다.

검찰은 사고 직후 종적을 감춘 선주를 찾느라 법석이나 떨고,
매스컴은 선주의 비리를 캐는 데 열을 올리기나 할 뿐, 사고의
원인 규명이 점차로 유야무야되고 있을 때였다. 어떻게 애를 두
고 혼자 빠져나올 수 있어? 죽더라도 같이 있었어야지. 참고 또
참았던 말을 결국 영애는 내뱉고 말았다. 시신도 만져 보지 못
한 채 유미가 사라졌다. 그런데 누구도 모른다고 했다. 국정조
사, 청문회, 재판 같은 절차는 마치 사고 기록 지우기를 목표로
한 듯 차근차근 진행되었지만 원인을 먼저 규명하라는 유족들
의 요구는 어디에서도 받아들여지지 않았다. 일부 정치권이 편
을 들어 한동안 마찰을 빚는 듯했지만 당신들 뿐만 아니라 우
리도 살기 힘든 건 마찬가지라고, 나라를 계속 시끄럽게 하는
건 애국적인 차원이 아니라는 여론이 들끓었다. 도대체 왜, 아
이를 잃은 엄마의 말을 들은 체도 않는지, 도대체 왜, 원인규명
없이 엉뚱한 사람을 내세워 여론을 호도하는지 알 수 없어 답
답하기만 하던 그때, 그녀는 지철에게라도 그렇게 물어야 했다.
싫다는 애 등 떠밀어 보낸 게 누군데 그래? 그 잘난 일, 딱 사흘
만 쉬고 같이 가자니까, 왜 그렇게 악착을 떨었어? 평생 청소나
하면서 살아! 지철과는 그렇게 끝났다. 일 년에 한두 번 슬그머
니 들르기는 하지만 서로 마주보지 않는다. 둘 다 잘못한 게 없

으면서도 잘못을 뒤집어씌웠다는 걸 알지만 아무도 사과하지 않는다.

영미가 남은 볶음밥과 빈 그릇을 현관 밖에 내놓고 꺼진 풍선처럼 앉는다. 지금 이 순간은 산 상태일까, 죽은 상태일까? 확실한 형체를 가지고 움직이는 저 영미가 죽은 것일까, 산 것일까. 영애는 청맹과니처럼 눈을 깜빡이며 낯설고 어색한 이쪽 세계를 떠나 화면을 바라본다. 장동건과 원빈이 조우한다. 포연으로 범벅이 되어 시커먼 두 남자의 감격스러운 포옹. 절규. 살아 있다는 것만으로도 행운인 것이 전쟁이다. 자꾸 위로 뻗치는 푸석푸석한 머리카락을 가진 영애와 찰랑거리는 영미의 머리카락이 저렇게 꽉 껴안고 살아 있음에 감격할 수 있다면, 그것은 영화다. 사는 게 전쟁이라지만 전쟁터가 아닌 삶의 현장에서는 보다 자세하고 복잡한 감정들이 작용한다. 감정들은 제각각 움직여서 틈을 만들고 하나를 둘로, 둘을 셋으로 갈라놓는다.

아버지 죽고 엄마는 영애와 영미를 장동건과 원빈처럼 키웠다. 영애는 고등학교를 졸업하고 돈을 벌어 영미 학비를 댔다. 전쟁이 아니었더라면 장동건도 그렇게 했을 것이다. 영미는 늘 고마워했고, 최선을 다해 가깝게 지내려고 했다. "언니. 나… 할 말 있는데." 영미가 우정 다가앉는데, 목소리가 착 가라앉아 있다. 유미를 잃은 뒤 해죽해죽 웃기만 하던 엄마가 생각난다. 얘야. 내가 해 줄 말이 있는데. 지철이 집을 나가고 혼자 남았을 때도 해죽해죽 웃던 엄마. 얘야. 내가 해 줄 말이 있는데. 인생이란 걸 싹 잊어버려라. 우리가 뭘 인생이란 걸 살았다고. 그런 거 없었다. 해죽해죽 웃으면서 엄마가 말했다. 엄마는 어느 순간 정말 깨끗이 싹 잊어버렸다. 영애와 영미를 업고 걸리고 겨울 골목을 쏘다니며 찹쌀떡을 팔던 일도, 대학 등록금을 넣지 못하고 함께 울었던 일도. 그 모든 일을 엄마는 깨끗이 잊어버리고 나서 영애에게도 깨끗이 잊어버리라고 했다. "나 이민 간다." 영미가 조용히 말했다.

부지런히 드나들며 자꾸 볶음밥을 시켜댈 때부터 심상치 않았다. 영미로서도 감당하기 힘든 십 년이었다. 모든 걸 싹 잊어버린 엄마는 자주 길을 잃었다. 아무 데나 똥오줌을 누었고, 발가벗고 거리를 뛰쳐나갔다. 그러더니 어느 날 차에 치어 싸늘한 주검이 되었다. 엄마가 죽었지만 슬프지 않았다. 이상하게도 담담해서 장례 끝난 뒤 영미에게 두 차례 뺨을 맞았다. "좀 더 일찍 가지 그랬니." 그때처럼 영미가 후려쳐 줬으면 좋겠다고 생각한다. 영미에게 유미는 자식 같은 조카였다. "김서방이 이민 가재. 그렇잖으면 헤어지재. 언니 혼자 두고 가는 거 정말 마음이 아프지만, 김서방 따라갈래. 언니처럼 유령이 되긴 싫어."

고지전 장면이다. 장동건은 북한군복을 입고 있다. 참호에서의 육탄전. 장동건은 자동 기계처럼 적을 죽인다. 원빈이 장동건을 발견한다. 장동건은 원빈을 알아보지 못한다. 장동건과 원빈의 육탄전. 형. 나야. 나 진석이야. 원빈이 소리쳐도 장동건은 계속 공격한다. 장동건은 살인기계다. 원빈이 살인기계에게 한사코 인간으로 접근한다. 시꺼먼 장동건의 얼굴. 광기 어린 장동건의 눈이 허옇게 까뒤집어진다. 원빈이 장동건을 제압한다. 마지막 밥과 김치를 입에 넣는다. 치통과 함께 밥을 씹는다. 치통과 함께 밥을 씹으면서 주방으로 간다. 쌀을 씻어 밥을 안친다. 저녁에 일하러 가기 전에 먹을 밥이다. 금방 지은 밥은 유미가 좋아하던 밥이다. 지철이 잘 먹던 밥이다. 그날 아침에도 먹은 밥이다. "이젠 못 봐. 안 올 거니까!" 새된 소리와 함께 영미가 문을 열고 나간다. 취사 버튼을 누르고 돌아서는데 뒷머리가 화끈하다. 몸이 휘어진다. 휘어진 몸이 바닥에 닿는다. 어느 곳에서나 사는 건 찬란하지 않다는 말을 해 주었어야 했다.

문 소리의 여운이 사라진 뒤 영애는 가까스로 몸을 일으킨다. 텔레비전 앞으로 엉금엉금 기어간다. 텔레비전을 주시한다. 죽은 장동건의 몸이 태아처럼 오그라든다. 두 손으로 무릎을 감싸고 영애도 몸을 웅크린다. 모든 것이 처음의 그때로 돌아갔으면 좋겠다. 우린 산 게 아니었어. 그러니까, 다 잊어버리자. 유미가 바다에서 돌아오지 않게 되었을 때 엄마는 알게 되었던 거다. 스물셋에 알 수 없었던 일은 서른셋에 알게 되고, 서른셋에 알 수 없었던 건 마흔셋… 쉰셋… 예순셋…. 그렇게 삶의 슬픈 의미는 아주 늦게야 알게 된다는 것을. 슬퍼하고 기뻐한 순간들이 모멸과 굴욕으로 가득 찬 것의 표면을 살짝 덮는 눈속임에 지나지 않는다는 것을. 그래서 엄마는 다 잊어버리라고 했던 것이다. 영애는 웅크린 채 텔레비전을 본다. 점심을 먹는 건 아직 기억해야 할 것이 있기 때문이다. 아직 기억할 힘이 있기 때문이다. 점점 약해지고 있지만 어쨌든.

고통을 이기려고 잔뜩 몸을 웅크린 장동건의 뼈가 누런 황토에 말뚝처럼 박혀 있다. 장민호가 수습된 유물 중에서 녹이 슨 만년필을 집는다. 오십 년 동안의 회한은 담담해서 꼭 낙엽 같다. 썩은 낙엽은 지금 이끼와 돌과 오솔길을 덮고 있다. 영화가 끝나고 광고가 시작된다. 광고는 현재의 시간을 무차별 포격한다. 과거로 뭉쳐진 영애에게 현재의 파편이 날아온다. 슬픔보다는 기쁨을, 모자람보다는 넘침을 강조, 또 강조하는 현란한 색의 잔치를 영애는 물끄러미 바라본다. 그 사고도 이렇게 광고였던 것 같다.

그때 그 바다의 현재에서는 어떤 일이 일어났을까. 영화가 끝나자마자 밀려드는 광고처럼 평온이 끝나던 그 순간, 그 아비규환을 상상하는 일은 전파를 손으로 잡으려는 것과 마찬가지다. 이백 명의 승선객 중에서 살아나온 사람은 일흔일곱 명이었고, 시신으로 건진 사람이 또 일흔일곱이었다. 나머지 마흔여섯은 마흔여섯 날을 두 번이나 지나도 나타나지 않았다. 뒤집어진 배가 침몰하자 바닷물이 재빨리 흔적을 지워 버렸다. 해당 기관의 얽히고설킨 부패와 선주의 부정축재가 두 달 동안 매스컴 종사자들을 흥분시켰지만, 잔치는 곧 끝나 버렸다. 정치권에서는 애도를 무기 삼아 싸움을 벌였고, 방심과 안일의 타성을 곧 회복한 사람들은 여객선이나 비행기를 타고 여행했으며 위험한 일터에서 일했다. 애도의 상징이었던 노란 리본도 하나둘 조용히 자취를 감추었다.

아무런 변화도 없었다는 말은 맞지 않다. 여러 사람이 함께 항의하고 싸우고 기억하려 애썼으므로 유미, 유미들은 확실히 조금 더 오래 기억되었다. 몇 가지 법안이 상정되었고, 입법부는 그중 몇 가지를 가결했다. 아무 일도 일어나지 않은 것 같은 십 년 동안 실제로는 아주 많은 일이 일어났던 것이다. 하지만 그 모든 일은 유미가 없는 가운데 일어난 일이었다.

텔레비전을 끄고 영애는 창가로 간다. 아직 시들지 않은 잎이 무성한 나무 사이로 젊은 남자가 걸어온다. 어깨가 곧고 걸음걸이가 빠른 젊은 남자는 105동 현관으로 사라진다. 창문을 연다. 세찬 바람이, 예기치 않았던 세찬 바람이 얼굴을 때린다. 영애는 문득 놀라면서 혹 바람에 실려 왔을지도 모를 어떤 것을 찾는다. 냄새, 소리, 움직임…. 한때 이 공간을 채우고 있던 냄새와 소리와 움직임을. 아무 냄새도 나지 않고 아무 소리도 들리지 않고, 아무도 움직이지 않는다.

러닝 맨

1.

아버지가 달리기 시작한 것은 막내가 암 소식을 전한 날 저녁부터였다. 폐암이라고 했다. 서른여섯에 결혼도 안한 것이 폐암이라는 말을, 그것도 수술이 불가능한 비소세포성 선암 말기라서 잘해야 여섯 달 더 살까 말까 한다는 말을, 막내는 지나가는 말처럼 슬쩍 꺼냈다. 일 년에 한 번, 각자 딸린 식구들 떼 놓고 모이는 둘째엄마 제삿날이었다. 우리에게는 아들 셋 낳은 첫째엄마와 딸 하나를 낳은 둘째엄마가 있었다. 첫째엄마 제사는 큰아들인 내가 맡아 지냈고, 둘째엄마 제사는 재방송 같은 데가 있다면서 막내가 차렸다. 나는 막막한 심정으로 딱 오 분 전의 시간을 거슬러 보았다. 둘이 있을 때는 아버지 방에서 밥을 먹곤 했다면서 막내는 거실에 있는 이동식 가스난로를 식탁이

놓인 주방에 옮겼다. 깡마르고 작은 몸에 나이까지 들고 보니
더 작아진 아버지가 부쩍 추위를 탄다고 했다. 셋째가 보온병에
담아 온 전복죽을 그릇에 덜어 아버지 앞에 놓았고, 술이라면
질색하면서도 셋째를 위해 둘째는 소줏잔을 챙겼다. 난로의 온
기가 퍼지자 둘째는 셔츠 위에 입은 조끼를 벗었고, 소주 한 병
을 금세 비운 셋째는 셔츠 소매를 걷고 윗단추를 풀고도 땀을
비직비직 흘리고 있었다. 차근차근한 막내의 말에 모두들 입을
다문 채로 마당을 내다보았다. 눈이 잘 내리지 않는 항구도시
에 난데없는 폭설이었다. 퇴근길이 아수라장이 되었다고 매스
컴은 호들갑을 떨었지만 생각하기에 따라서는 소담스러울 수
도 있는 함박눈이었다. 묵묵함이 계속되자 막내가 실수를 얼버
무리는 투로 말했다. 나 서른둘이었을 때 결혼할 뻔했어. 오빠
들한테 말은 안 했지만 정말 그러려고 했다고. 그 자식 정말 적
극적이었거든. 은근 후회되네. 그때 못 이기는 척 결혼해 버릴
걸. 그랬으면 오빠들이 내 걱정 안 해도 될 텐데. 농담이라도 하
듯 막내는 피식 웃기까지 했다. 그때 전복죽을 호물호물 넘기
고 있던 아버지가 조용히 수저를 놓았다. 그러더니 기력이 쇠잔
한 노인이라고는 믿기지 않을 만큼 완강한 동작으로 의자에서
일어나 카디건을 벗었다. 두툼한 카디건을 벗자 조끼가 나타났
다. 막내가 일하는 틈틈이 짜느라 무려 넉 달이 걸렸다는 조끼
와 카디건이었다. 수백 개의 필름을 들여다보면서 대본을 쓰느
라고 아버지에게 빨래까지 신세를 졌다면서 뜨개질이었다니.

한 코 한 코 털실을 엮으면서 머릿속으로 필름을 편집했으므로 뜨개질 역시 일이었다는 너스레를 문자로 받았을 때 왜 무심코 넘겼을까. 세 오빠들 틈에서 왈살스럽게 자란 탓인지 막내가 뜨개질이나 바느질을 하는 건 본 적이 없었는데 말이다. 그때 막내는 엄마를 들먹이기도 했었다. 지난겨울에 새끼작가가 털목도리를 두르고 왔더라고. 엄마가 짜 주더라면서. 난 엄마에 대해 기억나는 게 없잖아. 오빠에겐 새엄마였으니 안 좋은 감정이 있을지도 몰라서 물어보지 못했어. 사람이나 짐승이나 죽음을 앞두고 보면 안 하던 짓을 하는 법이라더니, 그때 짐작했어야 했던 것이다. 나는 카디건과 조끼를 벗은 아버지를 건너 막내를 쳐다보았다. 여름 동안에 두 편의 다큐멘터리를 해치웠다는 막내는 경력 십 년차 구성작가였다. 폐암 얘기를 들은 지 채 오 분이 지나지 않았는데도 막내는 지금까지의 막내가 아니라 또 다른 막내가 되어 버린 것 같았다. 저녁 먹고 눈 좀 치워야겠다. 둘째가 슬그머니 말머리를 돌렸다. 밤새 내릴 것 같으니 내일 아침에 치우자고 셋째가 거들었다. 무슨 말이든 해야 했지만 아무 말도 할 수가 없어서 그렇게 막내의 말을 눙치면서 우리는 아버지가 옷을 벗기 시작한 것을 의식하지 못하는 체하고 있었던 것이다. 그 사이 카디건과 조끼를 벗은 아버지는 벨트를 풀었다. 앙상한 골반에 걸쳐져 있던 바지가 곧장 바닥으로 떨어졌다. 신경질적인 동작으로 바지에서 다리를 빼낸 아버지는 휜 나뭇가지가 펴지듯 허리를 쫙 폈다. 그 바람에 식탁에 놓여 있던 죽그릇이 바닥으로 굴러떨어졌다. 반쯤 남아 있던 죽이 쏟아져서 물컹한 질감으로 바닥에 달라붙었다. 그때서야 우리는 아버지께 시선을 모았다. 내의를 신경질적인 동작으로 벗어던진 아버지가 그릇을 거칠게 걷어찼다. 그릇이 식탁 모서리에 부딪치며 멀찌감치 날아갔다. 귀가 들리지 않고 말을 못하는 아버지는 필요할 때 어버, 어버버 외마디 소리나 낼 뿐 대체로 차분하고 묵묵하게 행동했다. 상대방 입술의 움직임과 표정, 분위기로 말을 알아듣기는 했지만 기껏해야 빙그레 미소를 짓거나 고개를 끄떡일 뿐, 감정을 드러내는 법이 없었던 것이다. 평소답지 않은 난폭한 행동과 더불어 우리를 놀라게 한 것은 몸에 꽉 끼는 아버지의 팬티였다. 야윈 골반과 허벅지에 찰싹 달라붙어 있는 팬티는 파란색 가로줄 무늬가 있고 스펀지밥 캐릭터가 찍혀 있었다. 아버지가 어떤 속옷을 입는지에 대한 기억은 거의 없었다. 목욕탕에 같이 가 본 기억은 가물가물했고, 속옷을 사다드린 적도 없었기 때문이다. 하지만 볼품없이 납작해진 근원을 감싸고 있는 팬티에 스펀지밥이라니. 막내 짓이 분명했다. 음식에 대해서나 옷에 대해서 까탈이 없는 아버지였지만 열두 살짜리 아이 같은 팬티 취향일 리는 결코 없었으니까. 그러나 아버지의 팬티에 대해서 뭐라고 논평을 가할 겨를이 없었다. 아버지는 다음 동작을 예비하고 있었다. 설마 팬티까지…? 다행히 아연한 자식들의 눈길을 팬티에 모은 채로 아버지는 주방을 나갔다. 걸음걸이에 잔뜩 힘이 실려 있었다. 거실을 지난 아버지는 곧장 현관문을 열었다. 막내가 외마디 소리를 지르며 쫓아 나갔다. 아버지는 막내의 말을 알아들었던 것이다. 극심한 충격과 고통이 아버지의 가슴을 파고들었을 테고, 아버지는 늘 그랬던 것처럼 그것들을 압축해 몸속 어딘가에 저장해 버렸던 것이다. 그 저장고가 심장이나 쓸개, 간이나 허파 어디인지는 알 수 없었지만 곧 폭발 위기에 처해 있다는 것을 막내가 제일 먼저 알아차렸고, 이어서 나머지 자식들도 알아차렸다. 아버지는 거침없이 마당으로 내려섰다. 맨발이었다. 맨발의 아버지가 눈이 쌓인 마당 한가운데서 제자리뛰기를 시작했다. 여기저기가 갈라진 시멘트바닥과 옹기종기 앉은 화분과 나무들을 덮고 눈은 이불솜처럼 마당에 펼쳐져 있었다. 그 위에 옴폭옴폭 아버지의 발자국이 났다. 뒤따라 나간 막내가 현관 앞에 서 있었다. 아버지가 뛰고 있는 것을 둘째와 셋째, 그리고 나는 창문 너머로 지켜보았다. 어느 순간 뛰고 있는 아버지에게 막내가 다가갔다. 아버지 발자국 위에 막내의 발자국이 겹쳐졌다. 막내가 두 팔을 벌리고 뒤에서 아버지를 껴안았다. 막내에게 안긴 채로 아버지는 계속해서 폴짝폴짝 뛰었다. 막내가 뭐라고 악을 썼다. 아버지가 막내의 손을 뿌리치고 대문 밖으로 내달았다. 발자국이 마당에서 대문 밖으로 이어졌다. 막내가 풀썩 눈 위에 주저앉았다. 둘째와 셋째, 그리고 나는 마당으로 나갔다. 뭐야. 포레스트 검프도 아니고. 막내가 기운이 다 빠진 목소리로 중얼거렸다. 여든을 바라보는 아버지가 팬티 차림에 맨발로 폭설이 내린 거리로 뛰쳐나갔으니만큼 막내의 비유는 이내가 몰려온 외 딴 바닷가처럼 어둑신했다. 그러게 아버지 앞에서 암 얘기는 왜 해! 다 알아들으시는 거 몰라? 둘째가 성질을 부리며 눈을 걷어 찼다. 엉덩이에 묻은 눈을 털며 막내가 일어났다. 그래. 내가 잘 못했어. 됐냐? 받아치는 막내의 말끝에서 쇳소리가 났다. 유난 스레 몸부터 들이대는 둘째였다. 그런 둘째에게 막내는 또 늘 몸으로 맞섰다. 제 앞가림은 제가 하고 살기, 그게 우리 집 가훈 이야. 잊었어? 죽으면 죽는 거지, 웬 유세냐고! 막내가 콧등에 떨어진 눈을 혀로 핥았다. 그러더니 머리로 둘째의 가슴을 들 이받았다. 눈이 내렸던 어느 해 비슷한 일이 있었다. 둘째의 만 만찮은 덩치에 맞서던 작은 막내가 눈 위에 나자빠지며 울음을 터뜨렸다. 까불지 말란 말이야. 쬐끄만 것이. 손을 탁탁 털고 돌 아서는 둘째의 등에 막내가 비호같이 달려들었다. 목에 매달린 막내가 다리로 둘째의 허리를 휘감더니 둘째의 머리카락을 움 켜잡았다. 막내는 아버지를 닮았다. 작고 마른 몸집에 고집스럽 게 솟은 코가 그랬고, 갈퀴처럼 억센 뼈가 그랬다. 엄마가 다르 긴 해도 막내를 따돌리지 않았던 건 그렇게 아버지를 닮았기 때 문이었을 것이다. 나와 둘째, 셋째를 낳은 엄마가 공동어시장에 서 생선을 받아 함지에 이고 팔러 가다 교통사고로 죽고 삼 년 이 지난 뒤 아버지가 데려온 아주 뚱뚱하고 억센 여자가 둘째 엄마였다. 아버지는 미장이였다. 공사가 있는 곳을 따라 이곳저 곳 다녔고, 어리고 천방지축인 세 아들을 맡아줄 사람이 필요했다. 덩치와는 어울리지 않게 둘째엄마는 목소리가 부드러웠고 음식솜씨도 좋았다. 아버지를 닮은 막내는 둘째엄마도 함께 닮았다. 성질을 부릴 땐 앙살스러웠지만 기분이 좋으면 더할 나위 없이 나긋나긋했고, 음식솜씨가 좋았다. 언제나 철이 들래? 하필 엄마 제삿날 암 얘기를 해야겠니? 셋째도 참을 수 없다는 듯 소리를 질렀다. 셋째가 내지른 소리가 막내의 악다구니에 덮였다. 엄마는 무슨! 내 엄마지 오빠 엄마야? 막내가 바락바락 악을 썼다. 못된 것. 니 엄마 내 엄마 이제 와서 왜 들고 나오냐? 셋째가 달려가더니 막내를 걷어찼다. 뭐야, 씨. 내가 아직도 중학생인 줄 아냐? 자세를 고쳐 잡은 막내가 셋째의 다리를 잡고 늘어졌다. 하얗고 차분하게 펼쳐져 있던 눈이불이 엉망으로 흐트러졌다. 나는 대문 밖으로 나왔다. 아버지를 찾아봐야 했다. 몇 걸음이나 가셨을라고. 아버지가 팬티차림으로 대문 밖으로 나갔는데도 싸움 구경을 하고 있었던 것은 그렇게 생각했기 때문이었다. 서른여섯 살 딸이 곧 죽을 거라는 명백한 사실을 받아들이기 힘든 나머지 가슴에서 용암 같은 게 터져 올랐다 해도 그 폭발을 오래 유지할 만큼 아버지는 건강하지 않았다. 대문 앞을 무심하게 둘러보다 문득 나는 흠칫 어깨를 떨었다. 막내의 말이 충격이었던 만큼, 그 충격으로 아버지의 상태가 아주 나빠지기를 바라는 내 속마음이 하얀 눈처럼 명백하게 느껴졌던 것이다. 고작 여섯 달을 더 살 수 있다는 막내보다 아버지가 먼저 자연스럽게 퇴장해 주는 것이, 퇴장까지는 아니더라도 현실을 현실로 받아들이지 못하게 되는 것이 좋겠다는 생각은 막내와 아버지를 위한 것이 아니라 사실은 나 자신을 위한 것이었다. 솔직히 나는 막내와 아버지를 감당할 자신이 없었다. 내 집은 아이들과 아내가 함께 살기에도 빠듯한 스물여덟 평이었고, 아이들의 학원비를 마련하기 위해 아내는 마트에서 세 교대 캐셔로 일하고 있었다. 만약 막내가 없다면 아버지를 집에 맞아들이기 보다는 내가 아버지 집을 들락거리면서 수발을 하는 편을 택해야겠지만, 그렇게 한다면 겨우 목만 매달고 있는 직장에서 잘릴 위험을 감수해야만 했다. 둘째와 셋째의 처지도 별반 다르지 않았다. 둘째엄마 제사를 막내가 맡게 된 것도 따지고 보면 벙어리 시아버지에 대한 세 며느리의 야릇한 이질감과 거부감에 기인하고 있었다. 만약 막내가 없다면, 하고 나는 곰곰 생각해 보았다. 여러 가지로 복잡한 문제들이 일어날 게 분명했지만, 그 문제들을 해결할 자신이 없었다. 아버지는 어떻게 해야 할까. 막내에게 닥친 일보다 먼저 막내가 떠맡고 있던 골치 아픈 짐꾸러미를 받아 들어야 할 때가 왔다는 것이 나를 잔뜩 의기소침하게 만들었다. 막내가 전해 준 바에 의하면 아버지는 몇 년 전부터 생긴 이명(耳鳴)이 근래 들어 더 심해졌고, 질금질금 새는 오줌 때문에 하루 두세 번 속옷을 갈아입어야 한다고 했다. 뿐만 아니라 아침부터 저녁에 걸쳐 반 공기 정도의 밥을 먹지만 매번 의치를 끼웠다 뺐다 해야 하는 번거로움까지 감수하고 있었다. 그런 아버지를 감당하는 것보다는 어떻게든 막내

를 살려 아버지와 함께 살도록 하는 것이 훨씬 수월할 것 같았
다. 막내는 살 수 있을까? 만약 산다면 얼마나 더 살까? 새로
개발된 치료제와 치료법이 있다고 했고, 자연요법이니 뭐니 하
는 갖가지 방법까지 동원한다면 완치되지는 않을까? 매사 꼼꼼
히 계획을 세우는 막내 성미로 보아 보험은 들었을 테지만, 안
되면 아버지 집을 팔아서라도 막내를 살려 놓고 봐야 하지 않
을까. 막내와 아버지 사이를 왔다 갔다 하다가 나는 제풀에 놀
라 대문 앞에서 시작되는 길의 오른쪽과 왼쪽을 살폈다. 왼쪽이
나 오른쪽이나 약간 비탈이 진 채로 아래로 뻗어 있었다. 왼쪽
으로 가셨을까, 오른쪽으로 가셨을까. 대문 안으로 몸을 들이
밀고 나는 동생들에게 고함을 질렀다. 아버지부터 찾아야 할 거
아니냐! 자식들은 그제서야 조금 정신이 드는지 갑자기 싸움을
멈추고 허겁지겁 달려왔다. 셔츠에 슬리퍼를 신고 있었지만 아
무도 옷을 껴입거나 신발을 바꿔 신자고 말하지 않았다. 나와
막내가 오른쪽으로 길을 잡자 셋째와 둘째가 왼쪽 길을 잡았
다. 비탈길을 따라 오랜만에 눈을 맞은 아이들이 천방지축 미끄
럼을 타고 있었다. 눈은 계속해서 내렸다. 눈을 쓸던 어른들이
빗자루를 휘두르며 고함을 질렀다. 컹컹 소리를 내며 개 몇 마
리가 덩달아 날뛰고 있었고, 걱정스레 아이들을 부르는 목소리
도 들렸다. 고즈넉이 눈이 내리고 있는 줄 알았는데 눈과 함께
세상이 시끌시끌하다는 것이 비현실적으로 느껴졌다.

2.

아버지는 두 시간 뒤 집에서 두 블록 떨어진 큰길에서 발견되었다. 둘째의 연락을 받고 내가 막내와 함께 헐레벌떡 파출소에 도착했을 때 경찰은 별로 상냥한 표정이 아니었다. 방금 집을 나갔다는 노인을 찾으라니, 우리가 119입니까? 이십 년 만에 눈이 쏟아진 탓에 이래저래 정신없는 와중이라면서 경찰은 노골적으로 불평했다. 나와 막내가 무작정 길을 따라 내려오는 동안 둘째와 셋째가 파출소에 대고 전화를 몇 번이나 한 모양이었다. 죄송과 감사의 표시로 나는 묵묵히 고개를 숙였다. 누군가 팬티차림으로 눈길을 허적허적 달리고 있는 노인네를 그냥 지나치지 않고 파출소로 데려왔다고 했다. 담요로 감싸 난롯가에 앉혔지만 어찌나 몸을 떠는지 진짜 119를 부르려던 참이었다는 경찰의 말은 들은 체도 않고 막내는 아버지부터 꼭 끌어안았다. 괜찮아요, 괜찮아. 이제 괜찮아. 작은 몸으로 아버지를 끌어안은 채로 막내는 혼잣말처럼 중얼거렸다. 그때 둘째, 셋째가 숨을 몰아쉬며 들어섰다. 둘째는 곧장 경찰에게 다가갔다. 당신은 아버지도 없소? 민간인이 급하면 경찰 찾는 게 민주사회지. 그런데, 당신, 좀 전에 뭐라 그랬어? 엉? 삿대질과 함께 한판 붙으려는 둘째를 셋째가 막아섰다. 맞대거리를 하려는 경찰에게 손으로 참으라는 시늉을 한 셋째는 조용히 아버지를 들쳐업었다. 담요는 내일 돌려드리겠소! 셋째의 뒤를 따라가면서 둘째가 냅다 소리쳤다. 두 시간 가까이 골목과 큰길을 헤매고 다니느라 지친 막내와 나는 잠시 더 파출소에 머물러 있었다. 경찰이 뭐라고 불만 섞인 소리를 했다. 대꾸도 하지 않고 막내가 먼저 파출소 밖으로 나갔다. 내가 뒤를 따랐다. 눈은 계속해서 내렸다. 제설이 되지 않은 큰길에 느릿느릿 자동차들이 지나가고 있었다. 사람의 발길이 끊어진 보도블록 위로 눈은 태평스럽게 내렸다. 눈이 하얗게 덮고 있는데도 눈앞은 칠흑처럼 어두웠다. 사출성형으로 만든 슬리퍼가 자꾸 발을 벗어났다. 나는 미끄러지든지 말든지 신경쓰지 않고 발을 떼었다. 한참을 정신없이 걷다 돌아보니 주황색 스웨터를 입은 작고 마른 막내가 입김을 내뿜으며 바작바작 걷고 있었다. 다섯 살에 엄마를 잃고 벙어리 아버지와 오빠 셋 틈에서 천방지축 세상을 배운 막내였다. 걸음을 멈추고 서 있다가 막내에게 손을 내밀었다. 내민 손을 막내가 잡았다. 얼음처럼 차갑고 작은 손이었다. 업어 줄까? 무심코 해 놓고 보니 어릴 때 막내를 업고 다니던 길이었다. 막내는 등에 꼭 달라붙어 조그만 소리로 묻곤 했다. 엄마는 언제 오는 거야? 나는 엉덩이를 꼬집으며 윽박질렀다. 엄마 같은 건 이제 없어. 그러니까 기다리지 마. 막내를 마지막으로 업어 본 게 언제였을까. 버스 정류장에서 마주친 막내가 책가방을 들고 비실비실 걷는 것이 아무래도 심상치 않았다. 막내는 중학교 교복을 입고 있었다. 똑바로 걸어. 짜증을 내자 앵돌아진 대답이 돌아왔다. 오빠도 사흘쯤 아파 봐라. 지렁이처럼 걷게 될 걸. 사흘이나 아팠다는 걸 모르고 있었다는 게 머쓱해서 버럭 소리를 질렀다. 아프면 아프다고 말을 해야지. 알아서 약이라도 사 먹든가. 아버지는 지방에 일하러 간 지 한 달째 집에 오지 않고 있었다. 막내는 오빠들의 도시락을 싸고 청소며 빨래까지 도맡고 있었다. 자기일은 자기가 알아서 좀 하라고 투덜거리기도 했는데, 그때마다 오빠들이란 게 하나같이 머리나 쥐어박았다. 그때 막내를 업고 약국에 갔었다. 몸살약을 사고 통닭도 샀다. 엄마자리를 채우느라 딴에는 있는 힘을 다해 온 막내였지만 수고한다 고맙다는 말 한 번 한 적 없었다. 응. 나 좀 업어 줘. 기다렸다는 듯이 막내가 내 목에 매달렸다. 손깍지에 힘을 주고 종아리에도 힘을 실었다. 혼자 걷기에도 힘든 눈길이었다. 하지만 나는 막내를 업고 힘을 다해 걸었다. 집으로 올라가는 비탈길 지점에 이르렀다. 집집마다 눈을 치우느라 소란을 떨었던 게 무색하게 비탈길에는 또다시 눈이 쌓여 있었다. 그만 내려놓는 게 좋지 않을까 생각했지만 막내가 내 목을 더 세게 끌어안았다. 오체투지 하듯이 쭉 뻗기를 두 번, 휘청거리기를 몇 번이나 하면서 나는 한 걸음씩 또박또박 걸었다. 그렇게 걸어서 막내가 괜찮아진다면 몇 날 몇 밤이든 걷고 싶었다. 가볍고 작은 막내. 제대로 보살핌을 받은 적 없었고, 응석 한 번 부린 적 없었던 막내였다. 그런 막내를 한바탕 두들겨 팼던 일이 떠올랐다. 대학에 들어가고 몇 달 뒤 소위 데모라는 걸 한다고 휘젓고 다닐 때였다. 대학에 들어가자마자 취업준비에 몰두해야 하는 세상 물정을 막내는 모르는 것 같았다. 몇 번 타이르고 호통을 쳐도 듣지 않기에 동아리방으로 쳐들어가 멱살을 쥐고 나왔다. 오빠도 데모 많이 했다면서? 대학생의 특권이라고 의기양양하지 않았어? 그런데 나는 왜 안 돼? 곧바로 받아치는 막내 뺨을 갈기고 등짝을 후려쳤다. 왜 때려? 나한테 해 준 게 뭐 있다고 때리는 거야? 바락바락 대드는 막내에게 발길질까지 했다. 막내가 동아리방에서 돌아온 것은 그 일이 있고 나서 몇 달 뒤였다. 집에 돌아온 막내는 아침에 나갔다 들어온 것처럼 태연히 밥을 지었다. 데모는 접고 대신 글을 쓰기로 했다고 했다. 그리고는 졸업할 때까지 집과 학교를 규칙적으로 오가며 지냈다. 밤새 불을 끄지 않는 날이 많았다. 신춘문예에 응모했다느니, 소설보다는 시가 자기한테 어울리는 장르라느니 어쩌느니 말을 간혹 꺼냈고, 어떤 때는 뭐가 좋은지 제풀에 히죽거리며 며칠씩 신바람을 내기도 했다. 그러거나 말거나, 아무도 아버지를 걱정하지 않았던 것처럼 아무도 막내에게 신경 쓰지 않았다. 막내가 졸업하던 해, 나는 결혼해서 아버지의 집을 떠났다. 막내는 취업에 실패했지만 들락날락 아르바이트 거리가 있다 했고, 남자도 만난다고 했다. 웬만한 사람 있으면 결혼해도 되고, 아버지랑 같이 살면서 삼류작가쯤 되어도 좋고. 특별하기를 바라지만 않는다면 걱정할 필요가 없는 게 인생이잖아. 그러다 막내는 방송국에서 고정적인 일을 구했다. 방송작가도 작가라고 우기기는 했지만 글 쓰는 일 보다는 갖가지 잡일이 훨씬 더 많은 모양이었다. 고마워, 오빠. 내 목에 팔을 두르고 있던 막내가 뜬금없이 말했다. 고마운 일 한 적 없다. 숨을 몰아쉬면서 내가 말했다. 그렇긴 하지. 오빠들이 나한테 고마워할 일은 많아도 내가 오빠들한테 고마워할 일은 몇 번 없었어. 미안하다. 고생만 시켜서. 흥. 알았으면 됐어. 둘째, 셋째와 그렇게 치고받고 싸우면서도 내게는 말대꾸 한 번 없던 막내였다. 내가 일정한 거리를 두고 있다는 것을 알고 있었던 것일까. 둘째, 셋째와 달리 나는 둘째엄마에게 끝까지 데면데면했다. 작은 아버지와 어울리는 작고 상냥한 엄마를 기대해서였는지 몰랐다. 선택의 여지가 없었는데도 말이다. 내 마음을 읽었고, 그건 그래, 하고 말하듯이 막내가 다리를 까딱거렸다. 가만히 좀 있어. 무겁단 말야. 그래도 난 큰오빠가 좋아. 날 업어 준 건 큰오빠뿐이니까. 미끄러운 길을 기다시피 집에 도착했을 때 나는 땀투성이가 되어 있었다. 대문 앞에 막내를 내려놓고 털썩 주저앉았다. 기왕이면 저기까지 부탁할게. 막내가 다시 내 목에 매달렸다. 나는 숨을 고른 다음 막내를 안고 현관을 들어섰다. 둘째와 셋째도 막 도착한 듯했다. 아버지는 무거운 짐처럼 소파에 부려져 있었다. 언제 어리광을 부렸나 싶게 태도를 싹 바꾼 막내는 잠자코 아버지 방에 전기장판을 켜고 요를 깔았다. 둘째가 아버지를 안아 눕혔다. 막내가 더운 물에 적신 수건을 가져왔고, 나는 담요에 싸인 아버지의 발을 닦았다. 둘째는 주방에 있던 가스난로를 옮겨 왔다. 바짝 오그라들었던 아버지의 몸이 스르르 풀리는 것을 확인한 뒤에 우리는 거실에 모였다. 따뜻한 거 좀 먹자. 셋째가 기운 없는 목소리를 내며 막내를 쳐다보았다. 막내가 빽 소리를 질렀다. 왜 날 시켜? 나도 춥고 힘들다고. 셋째가 반사적으로 눈을 부라리더니 곧 태도를 바꿔 슬그머니 일어났다. 주방에서 셋째가 차를 준비하는 동안 나와 둘째, 그리고 막내는 묵묵히 앉아 있었다. 셋째가 유자차가 담긴 머그컵을 쟁반에 담아 오자 막내는 제일 먼저 그중 하나를 집어 들었다. 호호 불어서 한 모금 마신 막내가 말했다. 아버지 유자차 좋아하시는데…. 제 잔을 들고 막내는 아버지 방으로 갔다가 곧 돌아왔다. 잠드셨어. 모두에게 컵을 쥐어주고 마지막으로 자기 잔을 차지한 셋째가 무심한 듯이 말했다. 제사는 어쩔 거냐? 어쩌긴. 지내야지. 둘째엄마가 왔을 때 셋째는 한창 엄마가 그리운 열 살이었다. 셋째는 둘째엄마를 금방 따랐다. 제대로 밥을 먹고 있잖아. 그것만 해도 어디야? 한 달이 채 지나기도 전에 둘째도 항복해 버렸다. 너, 전 부칠 줄 아냐? 둘째가 셋째에게 물었다. 대충. 대충? 제사 음식이 대충으로 되냐? 생선이며 나물은 어쩔 건데? 것도 뭐 대충. 안 할 수는 없잖아. 둘째와 셋째가 막내를 쳐다보았다. 막내를 낳은 엄마였으므로 막내를 위해서라도 제사상을 차리고 싶었지만 둘째, 셋째도 나처럼 엄두가 안 나는 모양이었다. 우리들의 난감한 처지를 알아차린 막내가 조용히 말했다. 오빠들아, 그동안 엄마 제사 잊지 않고 찾아 줘서 고마워. 근데 내가 없으면 올케언니들한테 제사 맡겨야겠네. 내가 돌아보며 말했다. 그러면 되지. 막내가 딱 잘라 말했다. 안 될 말이야. 안 될 건 또 뭐 있냐? 일 년에 한 번, 단출하게 지내는 건데. 그럼 난 어쩔 건데? 애써 태연을 가장하고 있었지만 막내 목소리에 축축한 물기가 어려 있었다. 엄마는 그렇다 치고, 내 제사도 올케언니들이 지내게 할 거야? 셋째가 얼굴이 벌개져서 막내를 노려보았다. 제사는 무슨! 싸가지 없이 먼저 가면서 제사 얻어먹을 생각이었냐? 셋째의 얼굴이 흉하게 일그러졌다. 둘째가 고개를 들어 천장을 쳐다보았다. 오빠들아! 너무하지 않아? 이제껏 오빠들한테 밥 한 끼 제대로 못 얻어먹었는데 제사도 안 지내 줄 거야? 벌떡 일어선 막내가 세 오빠를 번갈아 가리키며 소리를 질렀다. 엄마 제사 때 내 밥도 한 그릇 놓아 주면 안 되겠어? 내가 말했다. 네 제사 같은 건 없다. 네가 죽도록 내버려두지 않을 거니까.

3.

제사는 결국 지내지 못했다. 막내가 담요로 돌돌 몸을 말아 소파에 웅크리더니 잠들어 버렸기 때문이었다. 서로 얼굴만 쳐다보며 앉아 있다가 나는 일어나서 막내 방으로 갔다. 어수선한 가운데서도 나름대로 질서가 있는 막내의 방에서는 서른여섯 만큼 익은 여자 냄새가 났다. 아내의 것과는 확연히 다른, 친근한 냄새였다. 막내의 체취가 밴 침대에 누워서 나는 가만히 눈을 감았다. 눈을 뜬 것은 둘째의 호들갑스런 목소리 때문이었다. 아버지가 없어졌어! 둘째가 방문을 두드리며 소리쳤다. 머리맡에 둔 폰을 찾아 시계를 보았다. 여섯 시였다. 막내가 죽음을 예고했고 아버지가 집을 나갔으며 엄마 제사를 지내지도 못했는데 여섯 시간을 내처 자 버렸다니, 어처구니가 없었다. 아버지가 없어졌다니까! 둘째가 방문을 열고 소리쳤다. 서둘러 잠을 털고 거실로 나갔다. 소파에서 막내가 꾸물거리며 일어났고, 셋째도 방에서 나왔다. 목이 말라 잠이 깼고, 물을 마시러 주방으로 가는 중에 현관문이 열린 걸 보았단다. 그러고 보니 아무도 아버지와 함께 자지 않았다. 좌절감 때문에 나는 눈을 한 번 감았다 떴다. 막내야 그렇다 치고, 세 아들은 모두 아버지와 함께 자야 할 필요성에 대해 의논하지도 않았고, 약간의 의무감도 느끼지 않았던 것이다. 둘째와 셋째는 푸푸 숨을 거칠게 내뿜었다. 아버지는 누구에게 의지하는 스타일이 아니었다. 듣지도 말하지도 못했지만 그만큼 눈썰미가 좋고 몸이 빨랐다. 우리는 아버지를 믿었고, 그 믿는 습관 때문에 잠든 아버지 곁을 지키지 않았다. 아버지를 방치했다는 자괴감은 자식들을 서둘러 행동하게 했다. 지난밤 셔츠에 슬리퍼 차림으로 나섰다가 당한 낭패를 다시는 반복하지 않으려고 우리들은 점퍼와 신발을 챙겼다. 넌 그냥 있어. 내가 막내에게 말했다. 왜? 완전 환자

취급이네. 아직은 멀쩡하다고. 둘째가 막내의 어깨를 눌렀다. 현관에 주저앉은 막내를 두고 우리는 마당으로 나왔다. 대문은 아버지가 나간 증거인 듯 살짝 열려 있었다. 앞서 대문을 나서던 셋째가 돌아서며 말했다. 옷은 입고 나가셨나? 마당을 거쳐 현관으로 되돌아갔다 돌아온 셋째가 머리를 흔들었다. 벗고 나가셨나 봐. 어려운 일이 닥칠 때면 오기부터 내뿜는 둘째가 어깨를 으쓱이며 말했다. 시작하자. 둘째가 먼저 대문 밖으로 나갔다. 둘째와 셋째, 그리고 나는 잠시 대문 앞에 서 있었다. 차 두 대가 겨우 비켜 다닐 만한 폭의 길이 잔뜩 눈에 덮인 채 오른쪽과 왼쪽으로 나 있었다. 왼쪽을 따라 올라왔다가 오른쪽을 따라 내려가든지, 오른쪽으로 올라왔다가 왼쪽으로 내려가는 그 길을 사람들은 산복도로라 불렀다. 손짓으로 나와 셋째에게 오른쪽 길을 맡긴 둘째가 왼쪽 길을 따라 내려갔다. 눈길을 대여섯 걸음이나 걸었을까. 형! 둘째 목소리가 뒤에서 들려왔다. 둘째가 손을 들어 자기가 가려던 방향을 가리키고 있었다. 외등이 무색하게 하얀 눈이 덮인 길을 따라 아버지가 오고 있었다. 그냥 오고 있는 것이 아니라 달려오고 있었다. 팬티만 달랑 걸친 아버지의 몸에서 김이 모락모락 피어오르고 있었다. 자식들을 발견한 아버지가 가슴께에서 규칙적으로 흔들던 손을 늘어뜨렸다. 그리고 벙긋 웃었다. 어버, 버. 손으로 눈이 하얗게 덮인 지붕들을 휘 둘러 가리킨 다음 아버지는 마당으로 들어갔다. 우리들은 멍하니 아버지의 곧게 펴진 허리를 쳐다보았다. 약간 굽은 허리 때문인지 조금 작아져 있던 아버지가 예전의 키를 회복해 있었다. 어째 저러시지? 셋째가 한숨을 쉬며 둘째를 쳐다보았다. 병원에 모시고 가 봐야겠어. 둘째가 고개를 옆으로 돌리며 말했다. 신발은 신으셨네. 아버지는 곧장 욕실로 들어갔다. 욕실에서 요란한 물소리가 들렸다. 둘째가 어째야 좋을지 모르겠다는 듯 제 앞머리를 툭툭 쳤다. 이불을 몸에 두르고 소파에 처박히면서 막내가 쿡쿡 소리를 내며 웃더니, 버럭 고함을 질렀다. 저러신다고 내가 안 죽을까 봐! 무거운 침묵이 흐르는 가운데 아버지가 욕실에서 나왔다. 수건 한 장으로 근원만 가린 아버지는 어, 좋다 하고 말하는 듯, 어, 버, 하고 외마디를 뱉은 뒤 자식들을 둘러보며 환하게 웃었다. 둘째엄마가 죽은 뒤 참 오랜만에 보는 환한 웃음이었다. 막내의 눈에 제일 먼저 그렁그렁 눈물이 고였다. 둘째와 셋째는 어쩔 줄 모르는 표정으로 고개를 돌렸다. 난감하고 절망적인 우리들을 세워 두고서 아버지는 태연히 당신의 방으로 걸어갔다. 내가 아버지 뒤를 따라갔다. 서랍에서 팬티와 내의를 꺼낸 아버지는 아주 빠르고 힘이 넘치는 동작으로 그것을 입었다. 바지와 셔츠를 입고, 조끼와 카디건까지 갖춘 뒤 아버지가 손짓으로 내게 말했다. 배고프다. 밥 먹자. 그리고 앞서 방을 나갔다. 삼십 분 뒤 우리는 식탁에 앉았다. 아버지는 입맛을 다시며 수저를 들었다. 그리고 밥 한 공기를 금세 다 비우더니 어버와 손짓을 섞어 말했다. 어제 제사 아니었냐? 어째 나물이나 탕은 안 보이는 거야? 뭐라고 해야 좋을지 몰라 모두 아버지를 바라보았다. 막내가 재빨리 말했다. 어제가 아니라 오늘. 이따가 저녁 때 지낼 거예요. 아버지가 고개를 끄떡였다. 그러고 방에 들어간 아버지는 깊은 잠에 빠졌다. 설거지 거드는 시늉을 하던 오빠들은 막내의 지휘에 따라 현관에서 대문까지 눈을 치우고 길을 냈다. 대문 밖까지 오빠들을 몰아간 막내는 소복소복 쌓인 눈을 한곳으로 쓸어 모으게 했다. 작업이 끝난 뒤 아버지의 달리기가 그것으로 끝일지 계속일지 알 수 없는 채로 세 아들은 각자의 집으로 돌아갔다. 할 일이 아주 많은 것 같았지만 당장 무엇부터 해야 할지 알 수 없었기 때문이었다. 다음 날 아침 일곱 시. 다큐멘터리를 요약한 것처럼 길고 소상한 막내의 카톡이 왔다. 네 시가 되자 팬티에 운동화만 신은 차림으로 아버지가 마당에 나가 스트레칭을 한 다음 달리기 시작하는 거야. 조마조마 뒤따랐더니 싱싱한 나무처럼 달리기 시작했어. 놀라서 뒤따라 달렸지. 아버지가 잡은 코스는 큰길이 아니라 골목이었어. 여섯 갈래 산복도로 사이사이에 난 골목길을 낱낱이 밟아 달리시더라고. 그렇게 아버지를 따라간 막내는 삼십 분도 되기 전에 지쳐서 주저앉아 버렸다고 했다. 될대로 되라는 심정으로 집에 돌아왔고, 대문 앞에 웅크리고 앉아서 오빠들에게 전화를 해야 할까 말아야 할까 고민하고 있을 때, 아버지가 돌아왔다는 것이다. 겨울 새벽이 품고 있는 한기가 만만치 않잖아. 그런데 아버지가 뿜어내는 열기도 만만치 않더라고. 내가 아버지의 용광로가 된 것 같아 난감하대…. 어제처럼 샤워하시고, 아침 드시고, 푹 주무시더라니까. 허리도 꼿꼿하고 식욕도 좋으셨어. 오빠들은 어떻게 생각할지 모르겠는데, 한창 일하실 때 아버지로 되돌아가신 것 같아서, 내 생각엔 말이지, 병원에 모시고 가는 건 그만두는 게 좋겠어. 참, 저녁에 엄마 제사 지냈어. 장 봐 둔 게 있었잖아. 푸짐하게 차려서 밥 한 그릇 더 놓았어. 내 몫으로. 그러니 오빠들 내 제사 안 지내 줘도 돼. 당장 가 봐야 하는 게 아닌가 싶었지만 아버지의 집 쪽으로 몸을 돌리는 것조차 무서웠다. 눈은 조금씩 녹기 시작했다. 거리 곳곳에는 시커먼 먼지와 뒤엉킨 눈이 무더기로 쌓여 있었다. 아버지가 달리고 있을 새벽에 잠이 깼지만 나는 멍하니 앉아 있기만 했다. 시커멓고 질척거리는 액체가 머릿속에서 마블링을 만들었다. 그렇게 사흘을 보내고서야 나는 가까스로 막내에게 전화를 걸었다. 아버지는 매일 달리고 있어. 새벽 네 시가 되면 일어나서 세수를 하고, 마당에서 맨손체조로 스트레칭을 한 다음 으차 소리를 내며 대문을 열고 나가시지. 산복도로의 골목골목을 두 시간 쯤 달린 뒤 돌아오시는데, 뭐, 괜찮아 보여. 그리고 막내는 남은 여섯 달 동안 해치워야 할 일이 너무 많다고 투덜거렸다. 둘째와 셋째는 막내를 데리고 다른 병원에 가 봐야 하는 것 아니겠느냐고 번갈아 전화를 걸어왔다. 아버지를 말끝에 매달지 않았지만 목소리의 느낌으로 봐서 둘 다 잠을 못 잔 것 같았다. 막내와 아버지를 떼어놓는 건 어떨까? 아버지가 달리기 시작한 지 닷새째 되던 날에 마침내 셋째가 말했다. 새벽의 그 달리기가 의미하는 비정상적인 상태를 더 이상 방관할 수 없지 않느냐면서 셋째는 아버지를 모실 만한 병원을 알아봤다고 했다. 정상이 아니라는 건 의심할 여지가 없잖아. 입원하려면 먼저 치매 진단을 받아야 한대. 막막한 기분으로 며칠을 더 허비한 뒤에 나는 아버지를 진료할 병원을 정하고 막내에게 통고했다. 아버지께는 아무 문제도 없어. 문제가 있는 건 나야, 나. 나라고 뭐 청천벽력 아니었겠어? 세 군데서 똑같은 진단을 내리는데 더 이상 어쩌겠다는 거야. 마침 둘째에게서 재진단을 권유받은 참이라면서 막내는 한참 버럭거리다가 전화를 끊어버렸다. 엄마가 죽었을 때처럼 갈피를 잡을 수 없었다. 갈피를 잡을 수 없는 상태에서 며칠을 더 보낸 뒤 나는 아버지 집으로 가는 비탈길을 올랐다. 눈이 내리던 그날 밤의 장면들이 시커먼 먼지에 덮여 졸졸 소리를 내며 흘러내리는 길이었다. 어버, 버. 아버지는 환하게 웃으며 나를 맞이했다. 나를 텔레비전 앞에 앉혀 놓고 무릎담요를 덮어 준 아버지는 주방으로 들어갔다. 부지런히 왔다 갔다 하는 소리가 들렸고, 압력추가 소리를 내며 돌아갔다. 나는 슬그머니 일어나서 주방을 들여다보았다. 허리를 꼿꼿이 세운 아버지가 도마에 대고 칼질을 하고 있었다. 다시 텔레비전 앞으로 돌아온 나는 아버지가 부를 때까지 기다렸다 식탁으로 갔다. 무와 두부를 넣고 끓인 된장찌개의 맛이 오묘하게 깊었다. 내가 설거지를 하겠다고 나서자 아버지는 환하게 웃으면서 무릎담요를 덮고 텔레비전

앞에 앉았다. 똑바로 화면을 주시한 채로 한 시간 정도 앉아 있
던 아버지는 어느 순간 조용히 방으로 들어갔다. 나는 막내에
게 집에 와 있다고 문자를 보냈지만 답이 없었다. 방문을 열어
보니 아버지는 깊이 잠들어 있었다. 전화를 걸었지만 막내는 받
지 않았다. 자정을 넘기자 가슴께가 부글부글 끓기 시작했다.
가슴께에서 시작된 열기는 곧 온몸으로 퍼졌고, 나는 휠휠 손
부채질을 했다. 추위를 느끼고 눈을 떴을 때 내 몸은 소파에 뉘
어져 있었다. 무릎담요 위에 도톰한 솜이불이 덮여 있었다. 아
버지의 이불이었다. 놀라서 이불을 걷고 아버지 방문을 열어 보
았다. 아버지가 없었다. 시계를 보니 다섯 시였다. 현관의 불을
켜고 어둑신한 마당으로 나갔다. 대문이 살짝 열려 있었다. 대
문 앞에 서서 나는 오른쪽과 왼쪽으로 난 길을 번갈아 쳐다보
았다. 겨울 아침은 섬뜩한 한기를 품고 있었다. 그 한기 속에 잔
뜩 웅크린 지붕과 지붕이 있었고, 지붕들 사이로 여러 갈래의
길이 나 있었다. 그 길의 어디쯤 아버지가 있을지 알 수 없었다.
막내가 이렇게 대문 앞에 앉아서 아버지를 기다렸을 것이라 생
각하니 가슴이 오그라들었다. 망연히 차가운 지붕들을 쳐다보
고 있을 때 외등이 비추는 왼쪽 길을 따라 사람 하나가 올라왔
다. 막내였다. 작은 몸으로 바작바작 걸어오는 막내의 손에는
커다란 가방이 들려 있었다. 대문 앞에 도착한 막내가 엄마처
럼 나무라는 목소리로 말했다. 추운데 왜 나와 있어? 나는 아무
말도 하지 않고 가방을 받아 들었다. 한쪽 어깨가 축 늘어질 만

큼 무거운 가방이었다. 뭐가 들었냐? 디비디랑, 외장하드랑, 유에스비랑, 카메라 같은 거. 일 다 끝냈어. 내일부턴 나가지 않아도 돼. 마당과 현관을 지난 막내는 곧장 주방으로 들어가면서 물었다. 몇 시지? 다섯 시 반. 시간을 일러 주자 막내는 더 큰 목소리로 말했다. 마당에 불 켜. 보일러 온수 모드로 바꾸고, 난로도 좀 켜 줄래? 딸그락거리는 소리를 들으면서 나는 지시에 따랐다. 저녁은 먹었어? 잠은 좀 잤어? 막내 목소리가 주방에서 거실로 날아왔다. 응. 응. 소심한 중학생처럼 대꾸하고서 어정대는 사이 대문 여는 소리가 나고, 곧 아버지가 들어왔다. 어버, 버. 두 팔을 흔들면서 아버지는 곧장 욕실로 갔다. 주방에서는 토닥토닥 소리가 났고, 압력추 돌아가는 소리도 들렸다. 욕실에서 나온 아버지는 당신의 방으로 들어갔다. 그리고 잠시 뒤나는 아버지와 함께 식탁에 앉았다. 금방 끓인 무국에서 김이 올랐고, 갓 지은 밥은 촉촉했다. 입맛을 다시며 아버지가 수저를 들었다. 오빠도 어서 먹어. 무국을 한 숟갈 떠서 입으로 가져갔다. 달작지근하고 따뜻한 무국을 넘기자 무국보다 뜨거운 어떤 것이 목을 차고 올라왔다. 추위가 지나가고 따뜻한 봄이 왔다. 윗도리를 벗지 않으면 비탈길을 오르지 못할 만큼 날은 더워졌다. 달리는 아버지와 함께 그 집에서 옴짝도 하지 않은 채로 여섯 달에서 두 달을 더 산 막내는 숨을 거두기 사흘 전 병원에 옮겨졌다. 막내가 숨을 거두던 날에도, 세 오빠들이 침울함을 가누지 못한 채로 화장장에 다녀오던 날에도 아버지는 새

벽을 달렸다. 아버지의 달리기는 막내가 죽은 뒤 몇 해가 지나
도록 계속되었고, 지금도 계속되고 있다. 아니, 이 모두는 사실
이 아니다. 막내가 폐암이라는 말을 꺼낸 날 갑작스럽게 달리기
시작한 아버지는 집에서 두 블록 지난 파출소에서 발견된 것이
아니었다. 그것은 자식들의 희망사항이었을 뿐, 그렇게 달려 나
간 아버지는 돌아오지 않았다. 막내가 한사코 병원을 마다하고
집에서 비명을 삼킨 것도 그날 밤 그렇게 달려 나간 아버지가
다시는 돌아오지 않았기 때문이었다. 아니, 아니다. 아버지는
아직 달리고… 있다.

가가의 토요일

1.

이것은 부산 지하철 2호선과 3호선이 교차하는 수영역 2번 출구 앞 부산은행 모퉁이에서 프렌치토스트를 파는 한 남자의 토요일에 대한 이야기다.

158센티미터의 키에 60킬로그램 정도의 몸무게를 가진 사십대 후반의 이 남자는 코가 낮고 손이 두툼했다. 겸손한 입매를 가졌으나 작은 키를 의식해선지 턱을 바짝 치켜든 자세여서 고집스러운 데가 있었다. 다리는 짧고 팔은 길어서 전체적으로 덜 진화된 듯한 몸피를 가진 그를 사람들은 가가(呵呵)라 불렀다. 날씨가 어떻다든가, 시절이 어떻다든가, 기분이 어떻다든가 하고 대화를 시도했을 때 그로부터 들을 수 있는 말은 '가가'뿐이었기 때문이다.

가가의 '가가'는 낮거나 높고, 음울하거나 경쾌하며, 짧거나 길었다. 가가의 '가가'는 부정적인 중얼거림이거나 긍정적인 대답, 동조의 한숨이거나 감탄이었다. 듣기에 따라서 '가가'는 '네, 그렇군요', '저런 쯧쯧!', '어쩌나요, 안타깝군요', '알겠습니다, 그렇게 해 드리지요' 등의 다양한 의미로 해석되었다.

가가의 가게는 조그만 바퀴 네 개가 달린 수레였다. 가로세로 1미터쯤 되는 수레 한가운데는 반질반질하고 네모난 주물 프라이팬이 장착되어 있었다. 수레 아래쪽에는 소형 LPG통이 있었다. 슬라이스 식빵, 달걀, 우유, 마가린 같은 토스트의 재료는 오른쪽 선반에, 달걀과 우유를 섞는 플라스틱 용기, 뒤집개와 거품기, 종이냅킨 외에 분말주스, 탈지유, 율무차, 꿀차, 커피믹스, 종이컵, 빨대 같은 비품들은 왼쪽 선반에 비치되어 있었다. 비품들의 배치에 따라 가가는 손을 뻗거나 내리고, 허리를 구부리거나 펴고, 몸을 앞으로 내밀거나 옆으로 돌리면서 효율적으로 프렌치토스트를 만들어 냈다.

가가의 프렌치토스트는 달걀과 우유를 섞어 만든 반죽에 슬라이스 식빵을 적셨다가 팬에 지지는 것으로 완성되었으며, 고객의 주문에 따라 설탕이나 케첩이 추가되었다. 주재료인 슬라이스 식빵은 헬기로 살포된 농약을 흠뻑 뒤집어쓴 수입 밀가루에 몇 가지 첨가물을 더해서 자동반죽기와 오븐을 거쳐 대량으로 생산 유통되는 제품이었다. 그러니 알갱이가 밤톨만 한 옥수수로 짠 기름으로 만든 마가린, 대규모 양계장에서 비위생적으로 생산되었을 확률이 높은 무정란과 항생제가 듬뿍 가미된 배합사료를 먹은 젖소가 공급하는 우유를 쓴다고 해도 놀라지 마시길.

재료적인 조건에도 불구하고 가가의 프렌치토스트는 적당히 부드럽고, 적당히 가슬가슬하고, 적당히 고소하고, 적당히 달콤한 데다 최소한의 이익창출을 감안한 가격이어서 많은 사람들을 만족시켰다. 가가의 수레를 찾는 고객은 아침을 제대로 챙겨먹을 겨를도 없이 헐레벌떡 수영역으로 달려와야 하는 사람들이었고, 그들은 당장의 허기를 신속하게 해결해야만 했으니까.

가가의 수레가게를 찾는 고객들 중 몇몇은 가가의 프렌치토스트에 중독 증세까지 보이고 있다고 해도 비웃지 마시길. 실제로 가가의 프렌치토스트로 아침을 먹다가 먼 곳으로 이사를 간 어떤 사람은 라디오 프로그램에 사연을 적어 보냈다. 또 어떤 사람은 가가의 토스트를 먹으려고 새벽부터 먼 길을 달려오는 호들갑을 떨고, 작은 수레 사진을 블로그에 올리는 극성도 부렸다. 그래서 길모퉁이 수레가게는 항상 북적거렸으며, 가가에게는 프렌치토스트 달인이라는 별명이 붙었다. 변함없는 맛을 유지하려는 가가의 신중하고도 지속적인 노력의 결실이라고나 할까.

또한 가가는 이른 4시부터 8시까지 딱 네 시간 동안만 장사를 하는 것으로도 유명했다. 시작하는 시간과 끝나는 시간이 철저한 가가의 영업 원칙을 어줍잖게 여기지 마시길. 정각 8시에서 단 5분만 지나도 가가는 냉정하고도 단호한 '가가'로 주문을 거절했다. 토스트뿐만 아니라 분말주스, 율무차, 탈지유, 꿀차 같은 품목도 마찬가지였다.

융통성 없는 이 원칙 때문에 어떤 고객은 울화를 터뜨리며 발길을 딱 끊어 버렸다. 또 고작 3분이 늦었을 뿐인데도 조금의 이해심도 발휘할 줄 모르는 우직한 가가에게 화가 치민 나머지 수레를 박살 내 버린 고객도 있었다.

가가는 영업시간만큼이나 공공질서도 잘 지켰다. 그 무렵 부산은행을 비롯해 건너편의 약국과 꽃집과 병원은 문을 열지 않은 상태였으며, 신발이나 바퀴벌레약을 파는 난전과 푸성귀를 파는 난전도 열리지 않아서 얼마든지 넉넉히 공간을 점유할 수 있음에도 불구하고 가가는 딱 수레 하나를 세울 만큼의 공간만 조심스럽게 이용했다. 그리고 영업을 마치면 국기에 대한 경례를 할 때처럼 경건하고도 엄숙하게 주변의 쓰레기까지 말끔히 치움으로써, 공공의 재산을 네 시간 동안 사용하는 데 대한 예의를 갖추었다.

2.

2005년 11월 18일 이른 3시. 문제의 토요일 새벽에 가가는 언제나처럼 잠에서 깼다. 졸음이 가시지 않아 희미하고 늘어진

'가가'와 함께 전등불을 켰다. 그리고 방에 놓인 몇 가지 사물들처럼 조용히 옷을 입고 양말을 신고 마당을 밝혔다. 좁은 마루를 지나 부엌으로 간 가가는 10리터들이 플라스틱 물통을 기울여 커다란 양은주전자에 붓고 그것을 연탄불에 올렸다. 불구멍을 활짝 연 가가는 빈 물통을 들고 대문을 나섰다.

대문에서 여섯 걸음 왼쪽으로 걸은 뒤 오른쪽으로 꺾어 쉰 걸음 되는 지점에서 횡단보도를 건넜다. 어둠이 알싸한 새벽 공기와 어깨를 겯고 곳곳에 도사리고 있었지만 가가는 용맹하게 전진해서 초등학교 담벼락에 설치된 비상급수대에 도착했다.

물통을 채운 가가는 조심스럽게 이쪽저쪽을 살피면서 횡단보도를 건너 다시 집으로 돌아왔다. 연탄 아궁이에 올려 둔 주전자에서 김이 오르고 있었다. 가가는 수레를 덮은 천막천을 걷고, 커다란 보온물통에 끓는 물을 붓고 뚜껑을 잘 닫았다.

냉장고에서 슬라이스 식빵을 꺼내고, 충전식 배터리를 챙긴 가가가 수레를 끌고 집을 나선 시각은 3시 20분. 그로부터 20분 뒤 부산지하철 수영역 2번 출구 앞 부산은행 모퉁이에 도착했다. 수레 지붕에 비끄러맸던 비닐휘장을 끌어내리고 프라이팬을 데우는 등의 장사 준비를 하는 데 20분, 이른 4시가 되자 가가의 첫 번째 토스트가 탄생했다.

가가의 첫 번째 토스트를 먹는 사람은 노래연습장의 미스 장, 호프집의 성 마담, 안마시술소에서 청소 일을 하는 안 여사, 수산물공판장에 다니는 강 씨, 인력시장에 일을 구하러 가는 미장

공 도 씨, 야간 근무 때면 으레 들르는 경찰관 허 씨, 성도 이름
도 모르는 학원강사, 각종 시험에 응시하는 것으로 10년을 보
내고도 여전히 시험을 치는 일에 매달리고 있는 고시생 등이었
는데, 그날 제일 먼저 찾아온 사람은 안 여사였다.

반가움의 표시로 보내는 가가의 '가가'에도 불구하고 안 여사
는 쌀쌀맞은 태도로 토스트를 주문했다. 말이 많은 편에 속하
는 안 여사는 안마시술소에서 일하기 전에 수레가게에서 호떡
을 팔았는데, 소심해 보이는 작은 손을 가지고 있었다. 그래도
허리만큼이나 튼튼한 신경줄을 가졌는지 웬만해선 인상 찌푸
리는 일이 없었던 것이고 보면, 가가는 걱정이 됐다.

그래서 시르죽은 안 여사에게 우려 섞인 '가가'를 정중하게
보냈다. 그러나 안 여사는 첫 번째 손님에게 주어지는 공짜 율
무차까지 사양하고, 총총 가 버렸다. 가가는 대략 난감했으나
전날 첫 번째 손님이었다가 그날 두 번째 손님이 된 경찰관 허
씨가 나타나는 바람에 안 여사에 대한 걱정은 일단 접었다.

허 씨는 야간근무를 마치고 지구대로 복귀하던 중 출출해진
배를 채우기 위해 가가를 찾은 참이었다. 불퉁스런 어조로 토
스트와 꿀차를 주문한 뒤 허 씨는, 그렇잖아도 인원 부족으로
초과근무를 하고 있는 판에 또 비상이라고 투덜거렸다. 이래저
래 죽어나는 건 경찰이라고 허 씨는 탄식을 덧붙였다. 경찰이
하는 일에 대해서는 별로 관심이 없는 가가였으나, 허 씨의 탄
식에 동조한다는 의미의 낮은 '가가'를 보내고 부지런히 토스트

를 만들었다.

　허겁지겁 토스트와 꿀차를 먹어치운 허 씨가 돌아간 뒤에도 속속 손님이 들었다. 대체로 낯익은 사람들이었으나 낯선 사람도 있었다. 가가는 토스트로 시작될 그들의 하루를 위해 정중하고도 신속하게 움직였다.

3.

　8시 30분이 되자 가가는 수레를 끌고 집으로 향했다. 가가의 집은 부산은행 모퉁이에서 20분 거리에 있었다. 수레를 밀거나 끌고 가야 하는 가가의 걸음으로 20분, 가가보다 힘이 세고 걸음이 빠르거나, 딱 가가만큼의 힘을 가졌지만 수레를 끌지 않는 사람에게는 12분이나 15분이면 충분할 거리였다. 다른 사람보다 5분이나 7분 더 느리다는 사실에 대해 전혀 신경 쓰지 않고 타박타박 걷던 가가는 수영사적공원 앞에서 멈췄다. 열두 폭 스란치마처럼 넓고 풍성하던 잎은 다 떨궜지만 그만큼의 잔가지를 뻗은 푸조나무와, 먼 동쪽바다 외딴섬을 두고 이웃나라와 감정대립이 일어날 때마다 거론되는 장군의 동상이 고요하게 서 있었다.

　푸조나무와 장군의 동상을 향해 기원을 담은 눈길을 잠시 보낸 가가는 다시 수레를 끌고 25의용단(二五義勇壇)을 지났다. 거기서부터는 야트막한 오르막이었다. 힘껏 수레를 끌던 가가는 오르막 꼭대기에서 오른쪽을 돌아보았다. 임진왜란 때 성주가 버리고 간 성을 지켜낸 의로운 사람들을 기리기 위해 건립된 스물다섯 개의 빗돌이 줄지어 서 있는 마당이 환히 보였다. 가가는 짧은 다리와 긴 팔로 수레를 힘껏 당기며 내리막을 내려갔다.

가가는 축대 아래 매미처럼 붙어 있는 허름한 슬레이트 집 앞에 도착했다. 조심스럽게 연하늘색 외짝 대문에 열쇠를 꽂고 수레를 마당으로 들인 가가는 숨을 몰아쉬면서 고개를 뒤로 젖혔다. 목욕탕 굴뚝처럼 쌓아 올린 성당의 탑이 가가를 내려다보고 있었다.

군인과 군인 가족을 위해 국방부가 지은 그 성당은 예수의 부활을 믿지 않았으나 주검을 만져 본 뒤에 믿게 되었다는 성인 도마의 이름을 빌리고 있었다. 주변보다 높은 곳에 자리해 있음에도 불구하고 종교적인 엄숙함이나 장엄함보다는 군수 창고처럼 실용성을 강조한 분위기였다. 그러나 성당을 지을 때 쌓은 축대에 여섯 채의 작은 집들이 달라붙을 여지를 남겼다는 점에서 자비로운 데가 있었다.

기원을 담은 눈으로 잠시 탑을 바라본 뒤 마루에 앉은 가가의 얼굴에 만족한 미소가 어렸다. 성당을 에워싼 오래된 나무와 축대가 조성하는 그늘 탓에 우중충하고 습한 기운이 느껴지기는 해도, 일요일이면 머리 위에서 군인과 군인 가족이 입을 모아 부르는 찬송가가 우박처럼 떨어지는 그 집에서 가가는 18년을 살았다. 수레가 3분의 1을 차지하는 마당 한 켠에는 연탄창고를 겸한 재래식 화장실이 있었고, 좁지만 마루도 있었고, 부엌 추녀에서 시작해 화장실 추녀에서 끝나는 빨랫줄에는 이불과 바지, 셔츠, 속옷까지 충분히 널 수 있었다.

이윽고 가가는 전대를 겸해서 둘렀던 앞치마를 끌러 마루에 놓고 부엌으로 갔다. 가가의 부엌은 천장이 낮았다. 두 단의 앵글 선반에는 분말주스, 탈지유, 율무차, 꿀차 같은 것들과 종이컵, 빨대, 휴지같이 장사에 필요한 여러 비품 꾸러미가 잘 정리되어 있었다. 연탄불 위에 얹힌 양은 양동이와 부뚜막에 앉은 360리터 용량의 구형 냉장고를 제외한 취사도구는 보이지 않았다. 그런데도 앞으로 두 걸음, 다시 뒤돌아 두 걸음, 필요에 따라 왼쪽이나 오른쪽으로 두 걸음 움직이면 완전 점거될 만큼 좁았다. 가가는 그 부엌 바닥에 쪼그리고 앉아서 따뜻하게 데워진 양동이의 물을 떠서 세수를 하고 발을 씻었다.

9시, 가가는 방으로 들어갔다. 벽지와 천장에 빗물 자국 몇 줄기, 3단 서랍장 위에는 잘 개켜진 이불이 얹혀 있는 작고 단출한 방이었다. 신문지를 바른 사과상자 위에 낡은 브라운관 TV가 놓여 있고, 가슴팍 넓이만 한 창문이 달린 작은 방 한가운데 앉아서 가가는 앞치마를 펼쳤다. 한쪽 주머니에서는 지폐를, 다른 쪽 주머니에서는 동전과 비닐봉지에 싼 프렌치토스트 두 쪽을 꺼냈다.

가가는 지폐와 동전을 한곳에 모은 다음, 한쪽 손에 프렌치토스트를 들고 조금씩 베어 먹으면서 다른 쪽 손으로 지폐와 동전을 셌다. 돈을 세는 속도와 프렌치토스트를 먹는 속도를 조절하는지, 토스트의 마지막 조각을 삼키는 것과 동시에 돈 세기도 끝났다. 서랍장에 돈을 잘 넣고 가가는 이불을 깔았다.

4.

정오에 가가는 일어났다. 누운 채로 기지개를 세 번 켰다. 느릿느릿 '가가'를 하고 부엌으로 가서 아궁이를 들여다보았다. 화장실에 가서 오줌을 누고, 연탄 한 장을 가져와서 능숙하게 갈았다. 연탄재는 마당 구석에 갖다 놓았다. 그리고 바닥에 쪼그리고 앉아 양동이의 물을 떠서 양치질과 세수를 했다. 얼굴을 닦은 수건을 빨아서 널고 라면 한 봉지와 한 컵의 물을 챙겨 방으로 들어갔다.

TV를 켜고 방 한가운데 앉은 가가는 라면 봉지를 뜯었다. 토요일 한낮의 뉴스가 흘러가는 화면을 힐끔거리면서 라면 봉지를 뜯어 분말수프를 꺼냈다. 분말수프를 봉지에 쏟고 주둥이를 잘 오므린 뒤 딱 여덟 번 그것을 두드렸다. 왼손으로 네 번 탁 탁 탁 탁, 오른손으로 네 번 탁 탁 탁 탁. 그런 다음 봉지를 잡고 아래위로 흔들었다. 빠지 빠지락 빠지 빠지락.

가가는 스프가 고루 섞인 생라면 한 조각을 입에 넣고 씹었다. 뉴스는 어제부터 시작된 사건과 몇 달 전부터 계속되는 사건과 불과 네 시간도 지나지 않은 사건을 두루 망라해 전하고 있었다. 어제 노래방에서 불이 났는데 오늘은 불에 타 죽은 사람의 가족이 침통한 표정으로 울고 있었다. 몇 달 전 주가조작 혐의가 밝혀져 외국으로 달아났던 인사는 몇 시간 뒤 떠들썩한 환영행사와 함께 귀국할 예정이었다. 그리고 며칠 전 미국에서는 고장난 비행기가 허드슨 강에 불시착했다.

조종사의 침착한 대응 덕분에 탑승객은 모두 안전하게 구조되었다는 소식을 전하는 앵커의 목소리가 감동으로 떨리자, 가가는 고개를 갸우뚱했다. 너무나 당연한 일에 감동을 먹은 앵커의 표정을 이해할 수 없다는 듯. 철새는 그냥 날았을 뿐일 텐데 비행기가 철새의 길을 막은 거라고 말하지 않는 뉴스나, 불경기로 연탄 소비가 늘어나자 불량연탄도 덩달아 늘어났다는 뉴스는 정말 새로운 소식이라는 듯, 가가는 또 한 번 고개를 갸우뚱했다.

뉴스가 끝날 무렵 가가는 생라면 한 봉지를 말끔히 먹어 치웠다. TV를 끄고 마당으로 나간 가가는 수레를 덮은 천막천을 걷었다. 짧고 굽이가 많은 동선(動線)을 펼치며 프렌치토스트를 만들 때 사용된 용기와 비품들을 닦기 시작했다. 때때로 손이 시린 듯 입김으로 손을 녹였다. 찬물에 맨손을 담그기에는 아무래도 서글픈 11월의 중순이었다.

대대적인 설거지가 끝나자 가가는 용기와 기기들을 커다란 채반에 받쳐 놓고, 수레 이곳저곳을 말끔히 닦았다. 닳아빠진 나무 빨래판을 꺼내 양말과 앞치마, 장갑과 바지, 운동화까지 깨끗이 빨아서 널었다. 그리고 마루에 앉아 심호흡과도 같은 '가가'를 했다.

두툼하고 갈라 터진 입술을 반쯤 열고 콧구멍을 벌름거렸다. 확인할 수 없는 어떤 곳에서 전해지는 전파를 수신하려는 듯 탄력을 잃은 눈꺼풀 아래서 눈동자가 조용히 움직였다. 눈과 코와 입술, 뜬금없이 움찔거리는 귀는 제각각 따로 놀고 있었으나 가가는 한동안 움쩍도 하지 않았다.

5.

시간은 켜를 만들며 쌓여 갔다. 늦은 2시가 되자 가가는 물기가 가신 용기들을 부엌으로 옮겼다. 그리고 선반에서 분말주스를 비롯한 각종 음료의 재료와 설탕, 휴지 같은 것들을 닦은 용기에 일부 옮겨 담았다. 능숙하고도 재빠르게 용기들을 다시 수레에 배치한 가가는 방문 앞에 붙어 있는 전기 콘센트에 휴대용 배터리 충전기의 플러그를 꽂았다. 그리고 충분히 안정적인 '가가'와 함께 자신의 수레 앞에 가서 섰다.

엄숙한 표정으로 수레 이곳저곳에 배치된 용기들을 하나하나

점검한 가가는 아직 자리에 놓이지 않은 식빵을 시늉만으로 네모난 프라이팬에 얹었다. 그 옆에는 역시 아직 놓이지 않은 달걀과 우유의 빈 자리가 있었다. 역시나 시늉으로 달걀을 집어 왼쪽에 있는 플라스틱 용기를 가져와 깨뜨리고 우유를 붓고 소금을 약간 뿌리는 시늉을 한 뒤에 거품기로 휘젓는 동작까지를 가가는 실제와 다름없이 실행했다. 커피믹스를 종이컵에 담고 보온물통의 물을 따라 절반으로 쪼갠 나무젓가락으로 잘 저은 다음 고객에게 정중히 건네는 장면도 마찬가지였다.

외에도 가가는 영업을 하는 동안 일어날 수 있는 여러 가지 동작을 차근차근 실행했다. 왼손으로 휴지를 건네면서 다른 손으로 커피믹스 휘젓기, 오른손으로 슬라이스 식빵을 뒤집으면서 왼손으로 물 따르기, 두 손으로 프렌치토스트를 종이냅킨에 싼 뒤 재빨리 달걀 깨뜨리기, 왼손으로 빨대 꺼내면서 오른손으로 분말주스 휘저어 녹이기 등등.

여러 가지 동작을 아주 빠른 속도로 재현한 뒤 가가는 만족한 '가가'를 하고 수레를 잘 덮었다. 그리고 얼마간의 돈을 챙긴 뒤 반듯하게 접은 장바구니를 쥐고 집을 나섰다.

수레를 끌고 왔던 길을 거슬러서 수영사적공원에 도착한 가가는 스란치마처럼 넓게 가지를 펼친 푸조나무를 지나 낡고 낮은 홍예(虹霓)를 통과했다. 씨족사회와 부족연맹을 거쳐 국가적 기반이 닦이던 시대에 장산국(萇山國)과 거칠산국(居漆山國)의 경계로서 해운포라 불리던 때, 해산물이 풍부한 포구를 방비하던 성의 홍예였다. 오래전에 바다를 건너온 사람들이 성벽의 석재를 민가의 주춧돌이나 담장, 하수구의 담벼락으로 써 버리는 만행이 있었다. 두 마리 박견(狛犬)과 두 개의 우주석(隅柱石)과 함께 간신히 남겨진 홍예를 거친 흑갈색 껍질에 싸인 노거수(老巨樹) 곰솔 두 그루가 지그시 내려다보고 있었다.

가가는 포구를 지키는 병영이 설치되고부터 군신목(軍神木)이었다는 곰솔을 올려다보았다. 중간쯤에 덧붙이나무가 자라고 있었다. 뾰족하고 날카로운 솔잎이 미니멀하게 동강 낸 하늘이 가가를 미니멀하게 내려다보았다. 성주신당(城主神堂) 쪽에서 차갑고 메마른 바람이 불어왔다. 아련한 그리움이 실린 눈으로 성주신당을 바라본 가가는 천천히 시장 쪽으로 몸을 돌렸다.

시장은 홍예에서부터 시작되었다. 턱을 치켜든 자세로 가가는 갖가지 물품과 물건 사이를 산책하듯 걸어갔다. 식재료 도매가게에 도착한 가가는 다음 날 영업에 필요한 물품을 바구니에 담아서 신중하게 계산을 치렀다.

시장바구니를 들고 다시 낮은 홍예와 푸조나무와 곰솔과 성주신당이 연출하는 고색창연한 풍경을 통과한 가가는 골목으로 접어들었다. 짧고 성마른 초겨울 해가 서쪽으로 제법 기운 시각, 골목은 스산하다 싶을 만큼 한산했다. 이따금 승용차와 오토바이가 지나가느라 소란을 떨기는 해도 혼돈과 혼란 가운데서도 분명히 존재하는 어떤 질서에 편입되어 있음을 느끼게 하는 골목이었다.

연하늘색 대문이 저만치 보이는 지점에 도착하기까지 가가의 걸음걸이는 침착했다. 그러나 어느 순간 가가는 문득 걸음의 속도를 늦췄다. 가가의 집 대문 앞에 쇠파이프를 든 남자들이 떼를 지어 모여 있었기 때문이었다.

돌연한 사태에 직면한 우리의 가가는 반사적으로 머릿속을 헤적였다. 작년이나 재작년, 10년이나 20년 전, 프렌치토스트를 팔기로 작정하고 수레가게를 연 것 외에는 불법적이거나 비합법적인 행위를 한 적이 없다는 결론에 어렵지 않게 도달한 가가는 두려움 대신 궁금증을 가져 보려고 했다.

그러나 의지와는 상관없이 불법적이고도 비합법적인 일에 연루되었을지 모른다는 의구심이 먼저 가슴을 꽉 채웠다. 당혹스러운 '가가'와 함께 가가는 어떻게 행동하는 것이 좋을지 생각했는데, 그러는 사이에도 걸음은 멈춰지지 않아서, 쇠파이프를 비껴들고 서 있는 남자들 앞에 도달해 버렸다.

튼튼하고 안정감 있는 운동화에 두툼한 겨울 점퍼와 청바지를 입은 비슷비슷한 차림의 남자들은 열 명이 넘었다. 하나같이 마스크로 얼굴을 절반쯤 가렸고, 나머지 절반을 가리려는 듯 캡을 꾹 눌러쓰고 있었다. 나랏님이 성주를 부임시키던 시절에는 아전과 하급 관리가 살았었다는 성의 북쪽길에 느닷없이 도래한 폭력의 기미였다.

그들은 가만히 가가를 쳐다보았다. 그중 한 사람이 마스크를 벗지 않은 채로 뭐라고 말했다. 마스크 저쪽에서 하는 말이 꼭

'가가'처럼 들려서 가가는 너무나 놀랐다. 설마 '가가'를 하기 위해 마스크를 쓴 것은 아닐 거라고, 모든 사람이 '가가'라고 말하는 세상 같은 건 없을 거라고 생각했는데….

예상 가능한 몇 가지 경우를 상상하자 그만 온몸이 얼어붙었고, 장바구니가 바닥에 툭 떨어졌다. 그때 남자 중 하나가 한 걸음 다가들었다. '가가!' 하고 가가는 겁에 질려 소리쳤다. 남자는 이윽히 가가를 쳐다보더니 허리를 굽혔다. 그리고 장바구니를 주워 가가의 손에 들려 주었다.

침착하고 적의가 없는 그 동작에 의아해하면서 가가는 장바구니를 받아 들었다. 남자는 얼른 몸을 돌려 다른 남자들에게 돌아갔고, 저희들끼리 뭐라고 수군거렸다. 그러자 대문을 가로막은 남자들이 몸을 비켰고, 틈을 놓치지 않고 가가는 대문에 열쇠를 꽂았다.

대문을 꼭 닫은 가가는 장바구니를 아무렇게나 팽개치고 두 손을 왼쪽 가슴에 댔다. 쿵덕쿵덕 소리를 내는 심장을 힘껏 눌렀다. 심장이 제법 안정을 되찾은 뒤에야 가가는 대문 옆에 놓아 둔 쓰레기통을 밟고 올라가 밖을 내다보았다. 쇠파이프를 움켜쥔 남자들이 여전히 삼삼오오 서성이고 있었다. 그리고 멀리서 풍물 소리와 함성 소리가 환청처럼 들렸다. 소리를 향해 귀를 세우는 사이, 쇠파이프를 든 남자들은 일제히 반대쪽 골목을 향해 달려갔다.

가가는 쓰레기통에서 내려와 대문을 열었다. 남자들은 사라졌으나 그들이 조성한 불안하고 폭력적인 기미는 그대로 남아 있었다. 함성과 풍물 소리가 점점 또렷해지고 있었다. 진정되었던 심장이 다시 쿵쿵 소리를 내며 뛰었다. 턱을 바짝 치켜들고 큰길로 이어지는 골목 저쪽을 바라보는 가가의 눈이 미명처럼 밝아졌다. 주체할 수 없는 힘에 지배당한 듯 가가는 소리가 들리는 방향으로 걷기 시작했다.

6.

가가는 서두르지 않고 성실하게 걸었다. 몇 개의 모퉁이를 돌았고, 구멍가게와 철물점, 미장원을 지났다. 세탁소를 지날 때 마네킹처럼 붙박여 서서 다림질을 하고 있는 세탁소 주인에게 눈인사를 하는 대신에 그의 머리 위에 걸려 있던 시계가 4시를 가리키고 있는 것을 보았다.

그때 공습경보처럼 요란하게 사이렌이 울었다. 사이렌은 길게 이어지다 점점 사라졌다. 사이렌이 끝난 뒤의 교교한 침묵이 대지를 한껏 압축해 버린 듯, 가가는 금세 우유대리점과 약국을 지나 아크릴로 만든 지붕이 날아갈 듯 가벼운 버스정류장에 도착했다.

버스를 기다리는 사람들로 늘 붐비던 정류장이 텅 비어 있었다. 정체로 몸살을 앓던 큰길도 차 한 대 없이 텅 비어 있었다.

가가는 정류장 의자에 엉거주춤 앉아서 큰길의 오른쪽과 왼쪽을 번갈아 쳐다보았다. 월요일부터 금요일까지 변함없이 이어져 온 시간이 갑자기 툭 끊어진 듯, 조잡한 장부처럼 보잘것없었으나 아귀가 잘 맞았던 하루가 으스러져 버린 듯, 기분이 이상했다.

그때, 사이렌처럼 높은 함성이 큰길의 오른쪽에서 길게 솟구쳤다. 가가는 자라처럼 머리를 내밀고 오른쪽을 쳐다보았다. 가로세로 깃발과 만장, 불쑥불쑥 솟은 크고 작은 피켓을 든 거대한 사람의 무리가 뱀처럼 꿈틀대고 메아리처럼 여운이 긴 함성을 내뿜으면서 걸어오고 있었다. 가가는 날카롭고 새된 '가가'를 터뜨렸다. 왼쪽으로 고개를 돌렸다. 투구와 방패, 무릎까지 올라오는 두꺼운 각반으로 무장한 철갑병이 바리게이트를 치고 저만치 포진해 있었다.

가가는 작은 콧구멍을 힘껏 벌름거렸다. 진군하는 오른쪽과 방어하는 왼쪽의 중간 지점에 서 있는 오른쪽 다리와 왼쪽 다리가 동시에 후들거렸다. 자라처럼 내밀었던 머리를 자라처럼 집어넣었다. 굽이치며 다가오는 물결이 시간의 저 쪽에 잠겨 있던 기억을 울끈불끈 솟아오르게 했다. 그 토요일에서 18년 전의 어느 때 가가는 함성과 외침과 사람의 물결에 휩쓸린 적이 있었다. 경적처럼 외마디 '가가'를 외치면서 팔을 뻗으면 가슴이 뭉클했었다. 거리로 나섰던 사람들이 모두 제자리로 돌아가자 다시 혼자가 되었고, 여전히 '가가'밖에 말할 수 없었지만 억울하지 않았었다.

어떠한 '가가'로도 감당할 수 없는 파도를 가가는 물끄러미
바라보았다. 그때처럼 넘실대는 사람의 파도가 가가 앞에 도
달해 있었다. 파도는 가가 앞에서 포말을 일으키며 부서졌다.
포말처럼 많은 '가가' 아닌 말들이 우렁우렁 지축을 흔들었다.
APEC NO! BUSH NO! NO BUSH! NO APEC! 전쟁과 빈곤을
확대하는 아펙 반대. 경제파탄 주범 신자유주의 반대. 그들만의
잔치 아펙 반대. 반대, 반대, 반대….

반대와 반대들이 어깨를 겯고 행진하고 있었다. 몇 시나 되었
는지, 가가는 문득 궁금했다. 지금이 그때와 같은지 다른지 궁
금했다. 다른 사람처럼 말할 수 없어서 '가가'만을 했지만 '가
가'만으로도 충분히 말이 통하는 세상이 오리라 기대했던 그때
가 다시 온 것인지 궁금했다.

1987년 6월, 부산역 광장에서 뻥튀기를 팔던 가가는 도도한
시위대의 물결에 휩쓸려 서면로터리까지 행진했었다. 사방팔방
에서 터지는 함성과 외침 속에서 어느 순간, 태어날 때부터 까
무룩 잠긴 귀가 열렸었다. 어리둥절하고 놀라웠다. 소리를 모르
던 세계에서 소리를 아는 세계로 나아가게 되리라곤 생각해 본
적이 없었다. 그런데 기적처럼 감격의 순간이 온 것이었다.

그때가 다시 온 것인가? 기원을 담은 눈으로 환호와도 같은
'가가'를 하고, 가가는 망설임 없이 사람의 물결에 몸을 실었다.
우쭐우쭐 어깨가 춤을 추었다. 저녁을 향해 흐르던 11월의 차

가운 대기가 훈훈하게 데워져 있었다.

분명하고도 힘찬 '가가'와 함께 가가는 힘껏 팔을 뻗었다. 아 펙에 반대하고, 부시에 반대하며, 신자유주의에 반대하는 외침 의 한가운데서 가가는 '가가'에 반대하며 '가가'를 외쳤다. 세찬 파도를 가르며 나아가는 조각배에 실린 듯 몸이 울렁거렸다. '가가' 아닌 말을 할 수 있게 된다면 무슨 말부터 하는 것이 좋 을까 하고 가가는 열심히 생각했다.

7.

6시에 가가는 강 앞에 도달해 있었다. 사람과 차가 분주하게 건너다니던 다리를 몇 겹의 컨테이너가 가로막고 있었다. 산처 럼 높고 쇠처럼 완강한 바리게이트였다. 강의 이쪽과 저쪽을 오 가며 헬리콥터가 날았다.

가가는 잎을 다 떨군 버짐나무 아래 앉아서 강 저쪽을 바라 보았다. 강 저쪽에는 무엇이 있을까. 한사코 건너려는 강을 향 해 도움닫기를 하듯 시위대는 숨을 고르는 듯 보였으나 가가는 기진맥진해 있었다. 버스정류장에서 합류할 때만 해도 우렁차 고 높았던 함성과 외침이 한 개의 로터리와 몇 개의 횡단보도를 지나는 동안에 조금씩 잦아들어서, 강 앞에 도달했을 무렵 거의 들리지 않고 있었기 때문이었다.

사람들은 분명히 외치고 있었고, 힘차게 뻗는 팔처럼 외침은 함성으로 솟구치고 있었는데, 어떻게 된 일인지 알 수 없었다. 해가 사라짐과 동시에 몸을 숨긴 하늘을 우러러보았다. 수많은 사람들이 쏟아 낸 함성과 외침을 삼켜서 잔뜩 배를 불린 하늘은 묵묵했다. 애절하고도 새된 '가가'와 함께 두 손으로 귀를 감쌌다. 두툼하고 빠닥빠닥한 두 개의 귀가 손 안에서 구부려졌다 펴졌다. 간절하고도 막막한 '가가'와 함께 두 개의 검지를 귓구멍에 쑤셔넣었다.

바람처럼 찾아왔던 소리는 어디로 갔을까. 아프도록 귓구멍을 후비고 나서 가가는 숨을 골랐다. 그리고 일어서서 주위를 둘러보았다. 피켓을 든 어떤 사람이 사람들 사이를 누비며 뭐라고 뭐라고 말하는 품이, 시위를 독려하는 것 같았다. 입술이 열렸다 닫혔다 하는 것은 알겠는데, 가가에게는 들리지 않았다.

낮고도 침울한 '가가'와 함께 가가는 문득 펄쩍 뛰었다. 펄쩍 뛰고 또 펄쩍 뛰면서 처절하고도 깊은 '가가'를 했다. 개헌에 반대하고 독재에 반대했듯이 아펙에 반대하고 신자유주의에 반대했는데, 도대체 뭐가 문제였을까. 기적처럼 찾아왔던 소리는 해가 지는 속도로 천천히 사라졌을까, 솟구쳤다 가라앉는 함성처럼 갑작스럽게 사라졌을까.

허공으로 사라진 소리를 붙잡으려는 몸짓으로 가가는 다시 몇 번을 더 펄쩍 뛰었다. 그리고 목청껏 '가가'라고 외쳤지만 아무도 돌아보지 않았다. 바리게이트를 넘어 전진하기 직전의 상황, 일촉즉발의 위기감이 감도는 가운데 가로세로 깃발과 만장과 피켓처럼, 주위에 서 있는 사람들이 아스팔트에 나무로 박혀 있었다. 나무들이 이룬 숲에 갇혀서 가가는 허둥거렸다. 펄쩍 뛰어올랐을 때처럼 문득 집에 가야겠다는 생각이 들었다.

짧고 결단성 있는 '가가'와 함께 가가는 턱을 바짝 치켜들었다. 다리는 짧지만 팔은 길어서 나무와 나무를 건너는 일은 아주 쉬웠다. 가가는 긴 팔을 뻗어 한 나무를 붙잡았고, 그 나무를 붙잡은 힘의 반동을 이용해 다음 나무로 옮겼다. 한 그루, 두 그루, 세 그루…. 나무들은 빽빽하게 숲을 이루고 있었으나 가가는 서두르지 않고 차근차근 나무들을 건넜다.

굴뚝처럼 높은 성당의 탑이 저만치 보이는 지점에서 가가는 잠시 쉬었다. 푸조나무와 곰솔과 성주신당과 25의용단을 차례로 지나서, 골목 쪽으로 난 창문마다 불이 켜져 있는 옛 성의 북쪽 길이었다. 누군가 늦은 저녁을 차리는지 고등어 굽는 냄새가 났다.

가가는 코를 벌름거렸다. 소리가 사라져 버린 골목을 고등어 냄새가 채우고 있었다. 오토바이 한 대가 가가를 앞질러 갔다. 그 소리가 요란한지 조용한지 알 수 없는 채로 가가는 주먹을 꽉 쥐고 턱을 바짝 치켜든 자세로 걸었다.

연하늘색 외짝 대문 앞에 도착한 시각은 늦은 9시. 가가는 연탄불이 데워 놓은 따뜻한 물로 양치질을 하고 손발을 깨끗이 씻었다. 구식 브라운관 TV를 켜고 이불을 깔았다. 비스듬히 누운 채로 가가는 화면을 주시했다.

먼 나라에서 온 대통령들이 새로운 질서를 구축하는 일에 심혈을 기울이는 자세로 나타났다 사라졌다. 가가는 거대한 사람의 파도가 컨테이너를 무너뜨리고 강을 건넜는지, 낡은 운동화를 신고 함께 걸었던 사람들이 배고프지 않은지 궁금했다.

끄응 소리를 내며 가가는 TV를 껐다. 잠을 자야겠다고 생각했지만 잠이 오지 않았다. 거울처럼 맑아지는 머릿속으로 희미하게 찬송가 소리가 들렸다. 가가는 낮고도 낮은 소리로 가만히 '가가' 하고 중얼거렸다. 가가의 낡은 슬레이트 지붕을 두드리며 차갑고 스산한 겨울비가 내리기 시작했다.

거기 없는 당신

1.

여자는 지금 아프다. 개찰구를 통과하면서 여자는 걸음을 조금 늦추고 왼손으로 숄더백을 꽉 잡는다. 왼쪽 아랫배가 당기고 서혜부 깊숙한 곳이 뒤틀린다. 골반뼈와 허벅지뼈를 연결하는 관절이 연골 대신에 쥐잡이 끈끈이를 붙여 놓은 것처럼 진득하고 무겁다. 무릎에서는 삐걱거리는 소리가 나고 허벅지가 바늘에 깊이 찔린 것처럼 아프다.

원인이 밝혀지지 않은 채로 잊을 만하면 불쑥 찾아오는 증상이다. 그동안 잘 있었니? 나야, 나. 오래 묵은 친구처럼 통증은 은근히 속삭이면서 오지 않는다. 갑자기 어느 순간에, 왈칵 벼랑으로 떠밀어 버리겠다는 듯이 찾아온다. 그럴 때 여자가 할 수 있는 일이라고는 아무것도 없다. 몸의 감각이 사라지고, 머릿속은 말갛게 빈다.

그렇지만 왜 하필 지금인가. 짜증보다 깊은 절망에 몸이 떨린
다. 전동차의 문이 열리고 대합실로 올라가는 계단에 첫발을 디
뎠을 때만 해도 기미가 없던 그것이, 계단을 절반쯤 오른 뒤에
야 갑자기 찾아온 것은 무엇 때문이란 말인가. 여자는 지그시
어금니를 문다. 모든 것이 허방에 빠져 버린 것처럼 그를 만나
는 일 역시 아무런 의미가 없다는 걸까. 여자는 다시 한 번 어금
니를 물면서 왼쪽 뒤꿈치를 살짝 들고 숄더백을 쥔 손에 힘을
준다.

이대로 돌아갈 순 없어. 여자는 자신에게 속삭인다. 한 시간
에 한 대씩 마을로 들어오는 버스를 타고 읍내로 나와서 다시
시외버스로 갈아타고 서부터미널에 도착했고, 거기서 부산지하
철 2호선을 탔다. 습기가 많은 유월의 저녁, 사람들에게서는 파
라핀 냄새가 났다. 진한 육즙처럼 달아오른 촛불들이 거리를 점
령하던 지난 오월부터 계절처럼 무르익은 유월. 서면역에 도착
했을 때 여자는 설레고 있었다. 촛불집회 현장을 훑어가던 카메
라가 그의 모습을 잡은 것은 우연이었겠지만, 우연인 채로 방치
된 그 장면이 자주 그녀의 시선을 붙잡은 것은 우연이 아니었
다. 머리칼이 희끗희끗해지고 뺨과 이마는 탄력을 잃었지만 우
뚝한 콧날과 무겁게 내려온 눈썹의 그를 보았을 때 가슴이 떨
렸다. 한 번이라도 더 보려고 자주 TV 앞에 앉았고, 기어코 집
을 나선 오늘.

역이 끝나고 대현지하상가가 시작되는 지점에서 여자는 걸음을 멈추고 숄더백을 앞으로 끌어당긴다. 큰 지퍼를 열고 지갑과 손수건과 휴대폰을 손가락으로 밀쳐 낸 뒤 작은 지퍼를 열면 진통제가 담긴 작은 병이 있다. 세 알을 꺼내 입에 넣는다. 이십 초쯤 지나자 쓰고 아릿한 맛이 입 가득 고인다. 진통제에 마비된 채로 그를 만나는 것은 내키지 않는 일이었지만, 이제 어쩔 수 없다. 곧게 뻗은 지하의 길 저쪽 이백 미터 지점에 있을 그를 앞에 두고 여자는 문득 뒤돌아본다. 여자가 걸어온 흔적을 재빨리 지우면서 뒤따라온 사람들이 총총히 앞질러 간다. 꿈을 꾸고 있는 것처럼 낯익은 길이 낯설다. 개찰구를 빠져나오는 순간까지는 낯익었던 그의 모습 역시 낯선 사람으로 멀어진다.

이래선 안 돼. 여자는 낯설어지려는 그의 모습을 안타깝게 끌어당긴다. 동보극장에 갈까 태화극장에 갈까 물어보는 여자에게 아무렇게나 고개를 끄떡이고는 묵묵히 걷던 그, 영화를 보고 난 뒤 길 건너편 서면시장에 가서 칼국수를 사 주던 그. 길게 이어지는 지하세계에 떠 있다가 미세한 먼지가 되어 여자의 머릿속으로 간신히 들어온 그. 머릿속에서 끄집어내어 손바닥에 올려놓고 싶은 그. 여자는 그를 뱉으려는 듯 잔기침을 한다. 목이 아프다.

2.

동보서적 출구를 통해 지상으로 올라온 여자는 차근차근 쥬디스태화 쪽으로 걷는다. 사람의 길에는 사람이 넘치고 차의 길에는 차가 넘치고 있다. 즐겁거나 들뜬 사람이 있는가 하면 짜증나고 불쾌한 사람이 있고, 바쁘게 서두르는 사람이 있는가 하면 느긋하게 느린 사람이 있다. 십 센티미터라도 더 전진하려고 기를 쓰는 차가 있고 앞차와 이 미터쯤의 거리를 온전히 유지하는 차가 있다.

제각기 다른 표정을 짓고 있는 사람들 틈에 여자는 진통제로 마비된 자신의 표정을 섞으며 꾹꾹, 왼쪽 뒤꿈치를 든 탓에 오른쪽 뒤꿈치로 힘껏 땅을 디디고 한 걸음, 또 한 걸음, 쥬디스태화 모퉁이를 꺾는다.

중앙로를 배경으로 이면도로를 향해 설치된 단(壇)에서 확성기를 든 사람이 구호를 외치고 있다. 이면도로를 빼꼭히 메우고 앉아서 종이컵에 담긴 촛불을 심장처럼 소중히 들고서 단을 향해 집중하고 있는 사람들의 불꽃 같은 호응. 촛불과 피켓과 가슴띠가 안개처럼 자욱한 지점에 서서 여자는 여전히 깜깜한 제 가슴을 들여다본다. 그에게 들려주고 싶은 몇 개의 에피소드가 거기 담겨 있다.

고작 마흔다섯에 직장에서 퇴출당하고 어영부영 떠돌다 간신히 마음을 추스려 돌아간 고향에서 시작한 소규모 축산업조차 본전을 못 건질 지경이 되자 남편은 자포자기에 빠졌다. 끊었던 술을 다시 마시기 시작했고, 한 번 울기 시작하면 목이 쉬어야 멈췄다. 종자소를 구입해서 키우는 데 들인 만큼의 노역과 원가조차 보장받을 수 없는 영세축산농의 미래가 그렇게 예정되어 있었다는 것을 왜 몰랐을까. 그 돈으로 땅이나 주식을 샀더라면 팔자가 달라질 텐데 힘들어서 돈 날리는 일을 왜 하려느냐던 말을 왜 흘려들었던가.

하지만 그것은 그를 만나 들려주고 싶은 에피소드가 아니다. 먼발치로 그를 보고, 마음속으로 늘어놓고 싶은 자기변명에 불과하다. 그렇지만 그 이야기를 품은 채 서면까지 달려오게 한 그를 생각하면서 제풀에 얼굴이 달아오르는 찰나, 여자는 갑자기 껑충 뛴다. 누가 팔꿈치로 옆구리를 지르고 지나간다. 진통제로 마비시켜 놓은 옆구리가 푹 꺾이고 비틀거리는 몸을 바로 잡는 사이, 이번에는 누가 우악스레 등을 떠민다. 여자는 또 허깨비처럼 껑충 뛴다. 숄더백이 출렁거리고 두 팔이 허공을 짚는 사이, 앞이 텅 비고, 여자는 푹 고꾸라진다.

땅바닥에 손이 닿고 무릎이 깨질 거야. 이마를 찧거나 팔꿈치에 찰과상을 입겠지. 고꾸라지는 순간 생겨날 생채기들의 형식을 망라하고 있을 때, 누군가 여자의 팔을 붙든다. 여자는 붙잡힌 팔에 의지해 몸을 곧추세운다. 짧은 인사라도 하려고 고개를 돌린 여자는 말문이 탁 막힌다. 담담한 눈빛과 침울한 입매의 그가 빤히 여자를 보고 있다. 그를 찾아 나선 길이었지만 갑작스런 그의 등장에 여자는 당혹스럽다. 어째야 좋을지 몰라 애매하게 얼굴을 일그러뜨린다. 이런 장면을 위해 준비한 게 아무것도 없다는 사실에 화가 치민다. 여자는 그에게 잡힌 팔을 뿌리친다. 웃을 듯 말 듯, 어색하고 쑥스러운 이 순간이 어서 지나갔으면 좋겠다는 듯, 그가 스윽 고개를 돌린다. 여자는 그제야 안타깝고 난감한 기분에 빠진다. 지난 세기의 유월에 딱 한 번 TV에 비쳐진 우연 이후, 촛불집회를 보도하는 화면에 등장해 또다시 딱 2초 여자에게 보여진 모습 그대로의 그가 움찔 미간을 찌푸리고 있다.

　오랜 시간이 지났는데도 낯설지 않은 그. 많은 시간의 벽이 놓여 있다는 사실을 잊은 채 여자가 지켜보는 사이, 그가 돌아선다. 여자는 멀어지는 그의 뒷모습을 지켜본다. 빼꼭히 들어찬 사람들 사이로 그의 모습이 점점 사라지고 있다. 그리고 문득, 여자는 숄더백을 추스른다. 여자는 다급하게 사람들 사이를 헤치고 걷는다. 그는 어디로 갔을까. 어깨가 약간 굽었고 머리카락이 희끗희끗해졌으면 어때. 여전히 다림질이 필요 없는 점퍼를 입고, 여전히 말이 없으면 어때. 여전히 단 위에 올라가서 연설 한 번 못하면 어때. 여전히 꽁무니에 붙은 채로 뒤따라가면 어때. 여전히, 여전히 그대로면 어때. 여전하지 않으면 어때…. 여자는 울고 싶어진다.

3.

　다섯 방향으로 도열한 자동차들은 움쩍도 않은 채 멈춰 있다. 쥬디스태화 쪽에서 천천히 행군해 와서 로터리 중심부에 진을 친 촛불 행렬의 가장자리가 저만치 보인다. 여자는 그를 보고 있지만 그는 여자를 느끼지 못하고 있다. 여자는 가만히 그를 쳐다보고 있지만, 그의 모습 너머를 보고 있다. 지금 그가 앉아 있는 거기, 별로 두껍지 않은 커튼을 젖히면 거기에는 부산을 상징하는 서면탑이 서 있던 자리다.

　여자가 다섯 살 무렵 준공된 서면탑은 여자 나이 스물셋에 철거되었다. 하얀 구조물을 가운데 두고 빙빙 돌아서 자동차들이 저마다의 방향으로 빠져나가던 로터리의 풍경은 아스라해졌지만, 그 탑이 철거되기 2년 전의 풍경은 선명하다. 흑백으로 프린트되긴 했어도 너무도 분명한 탱크와 장갑차, 한 무리의 젊은이들, 곁눈질을 하면서 건너던 하천의 다리, 서면시장 안의 막걸리집, 부산상고 뒤편의 포장마차, 그리고 청년이었던 그.

　여자는 행렬과 함께 길바닥에 앉아 그를 가만히 지켜본다. 그의 눈길이 멈춘 곳에서 몇 미터 눈길을 이으면 청하서림이 있던 자리다. 청하서림 앞, 장갑차에 던져진 돌, 뒤쫓아오는 군인들, 초읍 방향으로의 질주 그리고 멈춤. 군홧발이 서혜부를 사정없이 강타하고 담벼락에 기댄 몸이 스르르 무너질 때 바로 옆에서 또 다른 군홧발이 그의 어깨와 허리를 짓이기던 장면이 자주 재현되는 그 지점.

여자는 갑자기 몸을 떤다. 오랜 시간 왼쪽 아랫배에 남아 있
던 통증이 시작된 지점이 바로 거기다. 여자는 화들짝 놀라며
눈으로 그를 찾는다. 그가 보고 있는 지점 역시 거기였던가? 어
떤 사랑의 맹세보다 굳건했던 그 장면을 깨끗이 지워 버렸다고
생각했으나, 여자의 몸은 온전히 기억하고 있었다는 것이 아득
하다. 몇 년이 지난 뒤의 유월, 항쟁의 거센 물결이 서면을 점령
했을 때 거기 혼자 있었을 그가 아프게 되살아난다.

부산탑이 철거된 자리를 깃발과 함성과 사람들이 메우고 있
을 때 여자는 막 출산한 참이었다. 선두가 아닌 가장자리에 절
반은 구경꾼처럼 절반은 동참자처럼 서 있는 그의 모습이 추억
처럼 얼핏 TV 화면에 비쳤다. 그에게 주었던 마음이 순정했던
만큼 미련은 없다고 생각했던 여자는 허름한 점퍼와 후줄근한
면바지 그대로 여전히 시위대의 가장자리를 얼쩡거리는 그의
모습을 무심히 밀어냈다. 젊어 사랑은 흔한 기억의 파편에 불과
한 것, 그때 덜컥 결혼이라도 했으면 지금쯤 얼마나 구질구질
하게 살고 있을까를 생각하며 자신을 대견해하는 것도 잊지 않
았다. 그래서 그때 이후 불쑥불쑥 찾아오는 통증은 출산 후유
증의 하나라고 여겼고, 통증의 원인을 찾아내기 위해 여러 가지
검사를 하거나 약을 먹었다.

그랬는데, 잊을 만하면 문득, 즐거울 만하면 문득, 사는 게 별
것 아니라는 생각이 들면 문득 찾아와서 꾹꾹 짓이겨 놓던 아

폼의 정체가 바로 그였던가. 그와 함께 감당했던 그 군홧발의 흔적, 횡단보도를 건너 동천을 따라 걷다가 헌책과 새책을 함께 쌓아 놓은 조그만 서점 앞에 멈춰서서 시꺼멓게 흘러가는 냇물은 되지 말자던 맹세, 씁쓸하도록 가난한 사랑의 유탄, 여자의 몸속에 여전히 있었던 바로 그.

여자는 길바닥에 주저앉아 자꾸 몸을 떤다. 부르르 부르르 떨어서 털어 버리고 싶은 것은 그가 아니라 자신이다. 저 촛불들 너머 청하서림 앞, 초읍 방향으로의 질주 그리고 멈춤. 순정한 사랑을 배신한 형벌. 삶의 갖가지 얼룩을 덕지덕지 매단 채로 그를 만나러 온 이 부끄러운 노역.

어느 순간 여자는 그에게서 눈길을 거둔다. 이렇게 여기 다시 오게 될 줄 알았더라면 그때 그를 돌려세우는 게 아니었다. 하지만 입술을 깨무는 후회 같은 건 부질없다. 지금 저기, 그의 옆에 담담히 앉아서 함께 촛불을 들고 싶다는 마음도 이제는 내려놓아야 한다. 여자는 다만 사람의 길에 주저앉은 채로, 그가 점령한 차의 길을 본다. 촛불을 든 그는 인파의 가장자리에 앉아 조용하고도 묵묵하게 선두를 지켜보고 있다. 그는 여전히 거기 있었으나 그의 곁을 오래 비운 여자는 거기 없다.

사월

여자는 오지 않았다. 세 시까지는 꼭 오겠다던 여자였다. 무슨 일이 있어도, 하고 말다짐을 두 번이나 덧붙였으면서도 네 시 반이 지났다. 네 시부터 조금씩 떨리기 시작하던 몸이 점차 빠른 속도로 떨렸다. 아래위 어금니가 딱딱 소리를 내며 부딪쳤다. 여자의 얼굴이 거기 모래알처럼 끼어들었다. 감정이 복받칠 때면 가끔 나타나는 증상이었다. 오래 없던 일이어서 지호는 당황했다. 이럴 때는 어떻게 해야 했더라?

어금니의 떨림이 몸 전체로 번지기 전에 무슨 수를 써야 했다. 지호는 소파에 올라앉아 허벅지 아래로 왼발과 오른발을 교차시켜 집어넣었다. 눈을 감고 어깨의 힘을 뺀 다음 배꼽 아래 힘을 주고 한껏 숨을 들이마셨다가 천천히 내뱉었다. 열어둔 창으로 미지근한 바람이 들어왔다. 꽃들의 것인지 잎들의 것인지, 흙의 것인지 하늘의 것인지 분간할 수 없는 냄새가 뒤섞인 바람이었다. 단지 뒤 산책길에서 스무 그루쯤 되는 벚나무가 일제히 꽃봉오리를 터뜨린 것을 어제 보았다. 부지런한 경비원이 현관 앞 계단에 가져다 놓은 팬지와 데이지, 제라늄이 제법 은은했고, 폭이 좁은 화단의 목련은 벌써 졌다.

내뱉었던 숨을 다시 들이마시며 지호는 눈을 깜빡였다. 한 번 두 번, 다시 한 번 두 번…. 주홍색 동그라미가 눈앞에서 어지럽게 흔들렸고, 어금니들의 떨림이 진정되기 시작했다. 그와 바다를 보러 가고 싶었지만 여자 때문에 어긋나 버렸다. 눈을 깜빡이는 대신 눈꺼풀을 사납게 밀어 올리고 똑바로 앞을 바라보았다. 텔레비전 위에 창을 든 여인이 서 있었다. 발가벗은 채 창을 던지는 포즈를 취하고 있는 여인은 한 뼘 정도인 청동주조물이었다. 재작년에 바다를 보고 돌아오던 중에 그가 준 것이었다. 베니스에 다녀왔어. 당신 생각이 나길래. 어때 꼭 닮았지?

그는 친밀했던 그때처럼 지호의 이마에 살짝 손가락을 갖다 대기도 했었다. 말라빠졌다는 점에선 그래. 지호는 짝의 연필을 빌려 쓰고 돌려줄 때처럼 대답했었고, 말라빠진 지호를 이윽히 바라보며 그가 얼마간의 걱정이 묻은 투로 말했었다. 요즘은 뭘 먹어? 해바라기 씨. 강낭콩에서 발전한 거야? 그 전엔 뭘 먹었더라? 그가 고개를 갸우뚱했다. 좁쌀. 참 그랬댔지. 그건 어떻게 먹었어? 충분히 불린 다음에 죽을 끓였지. 거기다 다른 걸 넣기도 해? 아니, 그냥 좁쌀만. 새 모이 같았겠다. 새처럼 가벼

126

워져 보려고 그랬을지도 모르지. 그런데 새는 껍질을 벗기지 않은 생조를 먹어. 나도 생조를 먹으려고 했는데 먹을 수가 없더라구.

그리고 한 달이 지난 뒤, 지호는 그가 항공우편으로 보낸 해바라기 씨를 받았다. 몽골에서 재배된 2킬로그램쯤의 해바라기 씨는 한 주일을 먹을 수 있는 분량이었다. 이제 그가 돌아왔고, 사월이었다.

떨리던 몸이 진정되고 있었다. 지호는 기지개를 켜듯 천천히 다리를 폈다. 치켜 올렸던 눈꺼풀을 끌어내리고 시계를 봤다. 네 시 오십 분. 여자가 세 시까지만 와 주었더라도 지금쯤 한 줌의 해바라기 씨를 까서 올리브유에 볶아 우유와 함께 먹었을 것이다. 그랬더라면 초조함과 허기로 몸을 떠는 대신 「선데이 모닝」을 틀어주는 카페에서 그와 커피를 마시고 있을 것이었다. 커피 카페인에 민감한 탓에 지호는 커피를 좋아하지 않았으나 그와 함께 있을 때 부드러운 생크림을 넣은 에스프레소 커피를 마시는 일은 사양하고 싶지 않았다. 아마도 이틀쯤 잠을 못 자기는 하겠지만 일 년을 두고 본다면 이틀쯤은 고작이라고 해도 좋을 만큼 가벼웠다. 그를 만나고, 커피 때문에 이틀쯤 말똥하게 잠을 자지 않는 일은 지난 오 년 동안 지호가 치르는 중요한 연례행사였다.

그런데 이게 뭐람. 여자가 원망스럽고 야속했으나 지호는 여자의 전화번호를 알지 못했다. 안내 전화를 걸어 택배회사를 찾고, 택배회사 지점과 영업사원들 중에서 여자의 연락처를 알아내는 일은 그리 어려운 일이 아니었다. 그런데도 그러기 싫었다.

이쪽에서 사정을 봐주면 저쪽에서도 그만큼 예의를 갖추리라는 믿음을 아직은 저버리고 싶지 않았던 것이다. 하지만 오늘 그를 만나지 못한다면 내년에도, 그리고 그 다음 해에도 그를 만날 수 없을지도 몰랐으므로 지호는 초조했다. 그는 지호에게 아직 지켜야 할 중요한 약속 같은 존재였다. 그는 조금 날씬해졌을까, 아니면 더 뚱뚱해졌을까.

작년 사월에 그는 체중이 불었다며 허리띠가 둘러진 배를 보여 주었었다. 이러다간 배불뚝이가 되겠어. 마흔이면 그래도 될 나이지. 지호는 대수롭지 않게 말해 주었으나 마흔, 이라는 단어에서 그가 쓸쓸한 표정을 지었다. 벌써 그렇게 됐나? 지호는 확신을 주듯이 덧붙였다. 당신만. 난 아직 멀었어. 그가 낮은 소리로 웃었다. 창밖 바다 쪽에서 갈매기 한 마리가 슬쩍 들여다보고 있었다. 우즈베키스탄에 가려고 해. 생각난 듯이 그가 말했고, 지호는 고개를 끄떡였다. 그는 자주 떠났고, 또 돌아오곤했다. 떠나거나 돌아올 때마다 지호에게 전화를 하거나 엽서를 보냈다. 함께 살지 않았지만 지호는 그의 전화나 엽서와 함께살았다. 기다림이, 하고 지호는 생각했다. 생각에 이어서 나를 만들었어, 하고 중얼거렸다. 하지만 기다림이, 하고 지호는 다시 생각했다. 나를 지치게 해.

여자는 대체 어쩔 작정일까? 지호는 고개를 들고 다리를 소
파 아래로 늘어뜨렸다. 어제 오후에 일어난 일을 생각해 보았
다. 오후 세 시 무렵, 주문한 해바라기 씨를 기다리고 있을 때
벨 소리 대신에 전화가 울렸다. 택밴데요. 물건이 도착하긴 했
는데 내일 갖다 드리면 안 될까요? 여자는 꽤 정중하게 말했다.
저녁에 먹을 해바라기 씨가 조금 남아 있었으므로 내일 아침 열
시라면 충분히 늦은 아침을 먹을 수 있을 것이어서 그러라고 대
답했다. 택배회사 직원에게도 개인 사정이란 있기 마련이니까.

그런데 아침 열 시, 기다리던 해바라기 씨 대신에 여자의 전화
가 다시 왔다. 세 시쯤 가게 될 것 같다고 했다. 한 끼쯤 해바라
기 씨를 먹지 않고도 견딜 수 있으리라 여겼으므로 지호는 세
시까지는 무슨 일이 있어도 가겠다는 여자의 말을 순순히 믿었
다. 여자가 전화가 온 오 분쯤 뒤에 그의 전화가 온 것이 다만
문제였다.

그는 그녀가 기다리고 있을 것이라고 믿고 있었던지, 잘 있었
느냐는 간단한 인사 뒤에 거기서 만나자고 했다. 시간은 구태여
언급하지 않았다. 점심을 먹고 몇 시간의 여유가 있는 사월의
그날 열두 시에 그들은 늘 만나 왔다. 그날은 바로 지호의 생일
이었다. 늘 기다리고 있던 날이었는데, 깜빡 잊었던 것이다. 그
의 전화를 받고서야 지호는 황망스러웠다. 사월이면 어김없이
그가 온다는 것을 잊을 만큼 작업에 몰두해 있었던 것이다. 그
리고 오 분 전에 걸려 온 여자의 전화가 떠올랐다. 약속이 있어

요. 세 시간 뒤면 가능해요. 그 사이 다른 일을 좀 보는 건 어때요?

그랬는데, 여자는 약속한 시간에서 한 시간 반이 지나도 오지 않고 있는 것이었다. 여자에게서 전화가 없는 것은 그렇다 치고 그에게서도 전화가 오지 않는 것이 지호는 못내 언짢았다. 먼저 전화해서 이쪽 약속이 어긋나고 있다고 말해도 좋으련만, 지호 역시 그러지 못하고 있었다. 세 시간을 늦추고 다시 한 시간 반을 기다리게 했으면서도 어쩐지 아무 말도 하고 싶지 않았다. 이제 그와 만나는 일은 그만두어야 할 때가 되었다고 생각하고 있었던 것일까. 그 역시 일 년에 한 번 밋밋하게 만났다 헤어지는 일은 그만둘 때가 되었으므로 전화조차 하지 않는 것일까. 어쨌거나 그는 아직 거기 있을까, 아니면 가 버렸을까.

몇 가지 생각에 골몰하는 사이 지호는 점점 기운이 빠지는 것을 느꼈다. 해바라기 씨를 한 줌 먹으면 기운이 날 텐데. 지호는 여자를 원망하기 시작했다. 지호에게 봉희네 해바라기 씨는 수위실에 맡기거나 우편함 속에 넣어 두거나, 문 앞에 그냥 놓아둘 수 없을 만큼 소중한 것이었다. 해바라기 씨가 도착할 무렵엔 꼭 집에 있어야 했고, 직접 받아 들어야 했다. 일 년에 한 번 슬그머니 만났다 헤어지는 그와 달리 해바라기 씨는 늘 지호에게 있어야 하는, 숨 같은 것이었다.

기운이 빠진 몸이 다시 조금씩 떨리기 시작했다. 지호는 팔꿈치 사이에 머리를 밀어넣고 해바라기 씨에 대해 생각했다. 아주 오래 걸어서 어느 곳인가에 갔던 그때, 자궁이 없어진 이후로 방사선 치료와 약물 복용으로 시르죽고 의기소침해진 몸을 추스르고 싶지도 않을 만큼 기진맥진해져 있었을 때, 하염없이 걷다가 그냥 풀썩 주저앉아 버릴 작정을 했을 때, 햇빛 아래 우뚝 솟은 나무처럼 해바라기 한 포기가 서 있는 것을 보았다. 지호는 해바라기를 향해 걸어갔다. 해바라기가 서 있는 밭둑에 가서 뒤꿈치를 들고 손을 쭉 뻗어서 그것을 움켜쥐었다. 그것은 큰 접시에 소복할 만큼의 까만 씨앗을 품고 있었다. 한 알을 뽑아 껍질을 벗겨 먹어 보았다. 날 것의 식물이 발산하는 비릿한 냄새와 태양이 잘 다져 놓은 옹골찬 씨방이 입에 씹히자, 뭔가 대단한 것을 먹은 듯 힘이 솟았다.

가을이었다. 바싹 말라 버린 꽃잎 어름에 여름의 흔적이 남아 있었다. 태양이 꽃을 쓰다듬으며 머물렀던 흔적이었다. 지호는 해바라기 씨를 몇 알 더 까먹었고, 아무 곳에나 몸을 버리려던 마음을 버리고 집으로 돌아왔다. 그리고 해바라기 씨를 먹기 시작했다. 한 알 한 알 씨앗의 껍질을 벗기고 있으면 태양의 힘이 곧 내 것이 되리라는 기대로 가슴이 부풀었다. 그것을 먹을 때면 태양의 한 쪽을 베어 먹은 듯 따뜻한 느낌이 들었다. 강낭콩이나 좁쌀을 먹을 때와는 분명히 달랐다.

덜덜 떨면서 지호는 여자가 어서 와 주기만을 기대했다. 그는 이제 아무래도 좋았다. 이미 가 버렸거나, 아직 기다리고 있거나간에 상관없었다. 오래 전에 그는 그렇게 되어 버린 사람이었다. 그렇지만 해바라기 씨를 가지고 올 여자는 지호의 현재였다. 주먹을 꼭 쥐었다. 심호흡을 하면서 만약 여자가 해바라기 씨를 가져오면 어떻게 먹을 것인지에 대해 생각하기로 했다. 생각하는 것만으로도 힘이 날 것 같았다. 한동안 지호는 해바라기 씨를 정성스럽게 까서 날것 그대로 먹었다. 그러다가 차차 마늘을 찧는 작은 플라스틱 절구에 얼금얼금 빻아서 죽을 끓여 먹었다. 브로콜리를 곁들여 고추장에 찍어 먹어도 보았으며, 근래 들어서는 올리브유에 볶아서 우유와 함께 먹고 있었다. 해바라기 씨를 먹게 되면서부터 지호는 다시 일러스트를 그릴 수 있게 되었다. 여전히 야윈 채였지만 햇빛이 두렵지 않았다. 낮에도 외출을 할 수 있게 되었으며, 가끔은 사람들과 짧은 인사도 나눌 수 있게 되었다. 컴퓨터 앞에 앉아 선과 면을 아주 조금씩 채우다가 마음이 내키면 이어폰을 귀에 꽂고 바람을 쐬러 나가기도 했다.

지호는 떨림을 멈추지 못하는 제 가슴을 손바닥으로 찰싹찰싹 두드렸다. 두드림에 놀란 떨림이 조금 진정되는 기분이었다. 다시 한 번 가슴을 찰싹찰싹 두드렸다. 제풀에 맞은 가슴에서부터 따뜻한 기운이 느껴졌다. 지호는 가만히 따뜻한 기운을 음미했다. 얼음이 녹아내린 둔덕의 흙처럼 포삭포삭한 느낌이 드는 날씨 탓일까. 며칠 내내 이불을 덮고 누워 있으면 아랫도리에 흥건하게 땀이 고였다. 가슴 한쪽에서 지글지글 뭔가 타는 듯한 냄새가 나기도 했다. 땅 속 깊이 내려앉았던 훈기가 용

트림을 하면서 비집고 올라오는 소리를 밤에 들은 것도 같았
다. 지호는 은밀한 곳에서 움튼 목마름이 스멀스멀 몸에 배어들
고 있는 걸 알아차렸다. 따뜻한 어떤 것을 몸속으로 끌어당기
고 싶은 충동이 솟아오르고 있다는 것을.

 그렇지만 어쩌겠는가. 여자는 오지 않았고, 여자가 오지 않은
때문에 그를 놓치고 말았다. 여자가 약속대로 열 시에 와 주었
더라면 한 줌의 해바라기 씨를 볶아 먹은 다음 어느 정도 기운
을 회복해서 그를 만났을 테고, 어쩌면 모텔에 갔을지도 몰랐
다. 지호는 냉장고로 가서 우유를 꺼냈다. 해바라기 씨가 없는
우유는 정말 먹고 싶지 않았으나 억지로 한 모금을 삼켰다.

 사월에 있었던 다섯 번의 만남을 되짚어 보면 그중 딱 한 번
모텔에 들었다. 우연히 벌어진 일이었지만 어느 정도 친숙한 교
류였다. 관계가 끝난 뒤 그가 팔베개를 해 주었을 때는 그대로
그 장면에 갇혀 버려도 좋겠다는 마음이 들기도 했다. 그러나
시간은 느낄 수도 없이 빠른 속도로 흘러서 정지 순간을 허물
었다. 오 분이 채 지나기도 전에 그의 팔에서 빠져나와 샤워를
하면서 포스트잇을 붙였다 뗀 자국처럼 진득하고 쓸데없는 짓
이라는 것을 알았다. 그와 지호는 이미 반대 방향으로 아주 멀
리 가 있었다.

 지호는 화장대 앞으로 가서 거울을 들여다보았다. 그의 전화
를 받은 뒤 공들여 화장을 했다. 그에게서 재촉하는 전화가 한
번이라도 왔다면 해바라기 씨를 포기할 수 있었을 것이다. 그러

나 다섯 시 반이 되기까지 그의 전화는 오지 않았다. 조금씩 냉담해지고 있음이 분명하다는 생각이 가슴 한 쪽을 날카롭게 스치고 지나갔다. 지호는 티슈로 홍보라색 루주를 닦아 내고 베란다로 갔다.

명도가 낮아진 햇살이 앞 동의 그림자를 아주 길게 그려 놓고 있었다. 위층의 콩당콩당 소리가 잦아진 것으로 봐서 텔레비전은 어린이 정규 프로그램을 시작한 모양이었다. 무던히 지나갔어도 좋을 사월의 어느 날, 하필 생일이었다. 누군가에게 정확하게 기억되고 있다는 것이 충분, 충분히, 하고 지호는 커튼을 치면서 중얼거렸다. 만족스러워. 이어서 지호는 생각했다. 오늘 그는 아주 잠깐 실의에 빠진 다음에, 어쩌면 삼십 분 정도 혼자 앉아서 커피를 마신 다음에, 담담하게 그 자리를 떠났을 것이다. 다행인지도 몰라. 진작 그랬어야 했어.

지호는 꺼 두었던 컴퓨터를 켰다. 즐겨찾기에 올려 둔 봉희네 해바라기 농장에 들러서 500그램들이 해바라기 씨를 주문하고 뱅킹했다. 그를 포기했듯이 여자를 포기해 버리기로 작정한 것이었다. 숨은 안정되어 있었다. 주문한 해바라기 씨는 내일이나 모레쯤 도착하게 될 것이다. 그동안 슈퍼에서 파는 해바라기 씨를 먹어야 하겠지만, 참기로 했다. 어쨌든 작업은 계속해야 했다. 주홍빛 소파에 앉아 책을 읽고 있는 어린 소년을 그리기 시작한 지 일주일이 지나 있었고, 오늘은 눈을 그려야 했다. 수천 번 마우스를 눌러야 하는 일이었다.

지호의 일러스트를 사는 사람들은 점으로 완성된 눈을 좋아했다. 섬세하고 풍부한 감정을 담고 있는데다가 어느 정도는 초현실적이고 자유로운 의지를 표현하고 있다는 평이었다. 지호는 고맙다는 말만 간단하게 전했다. 왜 그렇게 힘들게 일해? 수천 번 마우스를 눌러 눈을 완성하는 지호에게 그가 의아하다는 듯이 물었었다. 그 말 속에는 예술 작품도 아닌데 뭘 그리 까탈을 부리느냐는 뜻이 담겨 있었다. 차라리 이야기를 만들어 보지 그래? 컷만 그리지 말고 컷과 컷을 연결해 보라는 말이지.

이를테면 그는 일러스트에서 한걸음 나아가 보라고 권하고 있었다. 나도 그 생각을 해 보긴 했어. 그렇지만 이야기를 만드는 일이라면 정말 하고 싶지 않아. 지호는 단호하게 말했고 그는 다시 물었다. 왜? 모두들 좋아하잖아. 유명해지고, 돈도 벌고. 이야기를 꾸며 내다 보면 조금 더 열심히 살고 싶어질지도 모르지. 그는 진심으로 말하고 있었으나 지호는 머리를 흔들었다. 이야기는 컷 안에도 얼마든지 담을 수 있어. 지호 역시 진심으로 말했다. 사람들의 내력을 속속들이 알아야 할 필요가 있을까? 어차피 우린 모두 거짓말을 하고 있는 건데. 진실이란 건 말 이전에 생겨났다가 말을 하는 순간 사라지는 거 아냐? 모든 이야기는 거짓말이야. 지호 목소리가 조금 높아지자 이번에는 그가 입을 다물었다.

그가 감옥에 갔을 때 변호사와 검찰, 재판장과 증인은 저마다 떠들었으나 모두 거짓말이었다. 그는 결백했으나 모든 상황이 그의 결백을 뒤엎기 위한 거짓말로 점철되어 있었다. 어쩜 그리도 어긋남 없이 완벽하게 시작과 끝이 맞물리는지 거짓말이 아닌 것 같았지만 사실은 모두 거짓말이었다. 엄청난 액수의 공금을 횡령했다는 그에게는 한 푼도 없었다. 뭐가 뭔지 알 수 없다고 했다. 지호는 그를 믿었지만 아무도 그를 믿어 주지 않았다. 삼 년에 걸친 재판 때문에 전세금이 다 날아갔지만 그는 결국 감옥에 갔다. 그가 감옥에 있는 동안 지호는 봄이 오는지 여름이 오는지 도무지 궁금하지 않았다. 사람들이 어떤 이야기를 엮으며 살고 있는지 아무것도 알고 싶지 않았다. 반지하 월세방에 혼자 남겨진 지호는 쉴 새 없이 마우스로 점을 찍었다. 세상의 거짓말을 하나하나 기억하듯이 꼭, 꼭 점을 찍었다. 거짓말에 대응할 수 있는 방법은 아무것도 없었다.

오늘 그를 만나지 못함으로 해서 그와의 관계가 완전히 끝장나 버렸는지 모른다는 생각과 함께 서랍 속에 든 몇 장의 사진이 떠올랐다. 나무와 산과 하늘뿐, 사람이라곤 없는 아득한 풍경을 찍은 사진들이었다. 점차 사라지려는 듯이 하늘은 높고 산은 멀었으며 나무들은 작았고, 태양은 갖가지 색으로 하늘과 산과 나무를 칠하고 있었다. 해질녘이거나 해 뜰 무렵 혼자 외딴 곳에 앉아 하염없이 앉아 있지 않고는 붙잡을 수 없는 풍경이었다.

거짓말의 틈새를 빠져나간 그는 사람이 없는 풍경 속으로 계속해서 걸어가고 있었다. 그가 여기저기 떠돌아다니는 중에 지호는 자궁을 들어냈다. 예상하지 못했던 암이었다. 아이 한 번 가져보지 못한 자궁을 들어내고 나자 강제로 성전환 수술을 받은 기분이었다. 지호는 그에게 사실을 알리지 않고, 새로운 사람이 생기기를 바란다는 의미로 이혼을 요구했다. 미안해. 너무 고생시켜서. 이혼 절차가 끝나고 난 뒤 그가 조용히 말했다. 하지만 가끔 만나 줄 거지? 내겐 아무도 없어서 말이지.

컴퓨터를 끄고 지호는 냉장고를 열어 보았다. 우유는 방금 바닥이 났으나, 올리브유는 삼분의 이쯤 남아 있었다. 먹는 체라도 해 보려고 집어 온 햄과 참치 통조림과 약간의 쌀이 들어 있었다. 혹시 슈퍼에 간 사이에 여자가 오면 곤란했으므로 지호는 커튼을 조금 벌리고 바깥을 내다보았다.

해가 다 넘어간 바깥은 이내가 밀려와 있었고, 여자가 몰고 오던 택배회사 차는 보이지 않았다. 삼 층이라고는 해도 한 층의 높이가 이 미터 남짓이다 보니 지하 주차장에서 빠져나가는 크레도스의 번호판까지 읽을 수 있었다. 크레도스가 빠져나가는 모서리, 배롱나무와 벗나무가 절반쯤 가리고 있는 상가 슈퍼에서 슬리퍼를 신은 남자가 비닐봉지를 들고 걸어 나왔다. 비닐봉지의 무게 때문인지 남자가 어기적거리며 걸었다.

남자의 뒤로 정적에 싸인 슈퍼를 지호는 잠시 바라보았다. 슈퍼에서 산 해바라기 씨를 먹으며 내일이나 모레까지 버텨야 한다고 생각하자 우울해졌다. 술안주용으로 포장된 호박씨와 건포도, 잣과 호두와 땅콩과 함께 슈퍼에 진열된 해바라기 씨는 껍질이 잘 벗겨져 있고, 지호가 딱 한 끼 먹을 만큼씩 포장되어 있었다. 그러나 그것은 대부분 먼 나라에서 온 것으로 야릇한 쓴맛을 가지고 있었다. 봉희네 해바라기 씨를 찾아내기 전에 인터넷 상점에서 샀던 여러 종류의 해바라기 씨처럼 말이다.

여러 가지 다른 씨앗들과 함께 음침한 화물선에 실려 온 해바라기 씨는 야릇한 향기가 나거나 너무 강한 맛을 내기도 했다. 온대 지역에 살던 사람이 지나치게 강한 아프리카의 태양이나 또는 북극의 지나치게 약한 태양에 적응하기 어려운 것처럼 그 해바라기 씨는 기운을 차리는 데 도움이 되지 않았다.

그에 비하면 봉희네 해바라기 씨는 흙에 묻어 놓으면 며칠 지나지 않아서 파란 새싹이 돋을 것 같은 생명력을 가지고 있었다. 쨍쨍하고 정갈한 시골의 초가을 햇살을 충분히 쬐고 잘 여물어서 고소하고 담백했다. 한 알 한 알 그것을 손톱으로 까서 올리브유에 볶아 입에 넣고 몇 시간이 지나면 몸 깊은 곳에서 새싹이 자라 마침내 노란 해바라기가 피어오르는 것 같았다.

어쨌든 당장 뭘 좀 먹어야 했으므로 지호는 슈퍼에 가기로 마음먹었다. 카디건을 걸친 다음 캡을 푹 눌러썼을 때 현관 벨이 울렸다. 문을 열자 거기 여자가 서 있었다. 지호는 여자의 손부터 쳐다봤다. 여자가 까만 비닐봉지에 싼 것을 내밀었다.

"어찌 된 일이에요?"

지호는 얼른 비닐봉지를 받아 들었다. 여자가 밉지도 않았고 화가 나지도 않았다. 어쨌든 여자는 봉희네 해바라기 씨를 가지고 왔던 것이다. 식탁 위에 신문지를 깔고 비닐봉지를 열었다. 포장지는 뜯겨 있었고, 내용물인 해바라기 씨는 무슨 영문인지 팅팅 불어 있었으나, 봉희네 해바라기 씨가 틀림없었다. 지호는 그중 한 줌을 접시에 담아 손톱으로 부지런히 까기 시작했다. 씨앗은 팅팅 불어서 쉽게 껍질을 벗었다. 사람의 기척에 고개를 들자 여자가 들어와 서 있었다. 지호는 여자에게 담담하게 말했다.

"우유 한 통 사다 주실래요?"

군말 없이 돌아서 나간 여자는 우유 한 통을 들고 돌아왔다. 반 줌의 해바라기 씨를 까 두고 있는 지호 옆에서 여자도 해바라기 씨를 까기 시작했다. 크고 투박한 손이었고, 빨간색 매니큐어가 칠해져 있었다. 한 줌의 해바라기 씨를 다 깔 때까지 여자도 지호도 말이 없었다. 마침내 해바라기 씨가 마련되자 지호는 프라이팬을 가스레인지에 얹었다. 올리브유를 두르고 해바라기 씨를 볶는 동안 여자는 베란다에 신문지를 펼쳐 젖은 해바라기 씨를 널었다.

"좀 먹어 보세요."

접시에 담은 해바라기 씨를 한 알 집어 먹으며 지호는 여자를 불렀다. 여자가 조심스럽게 볶은 해바라기 씨 한 알을 집어 먹으며 낮은 소리로 말했다.

"맛있네요."

지호는 고개를 들어 여자를 쳐다보았다. 배달을 왔을 때 얼핏 얼굴을 보기도 했으나 낮고 뭉툭한 코와 작은 눈이 금방 잊어 버릴 만큼 평범했다. 캡을 쓸 때도 있었고 쓰지 않을 때도 있었는데 앉아 있는 것을 보니 키는 좀 큰 편이었다. 지호는 갑자기 앞에 있는 여자가 그동안 봉희네 해바라기 씨를 배달해 준 그 여자가 맞는지 아닌지 의심스러웠다. 초인종이 울리고, 누구냐고 묻고, 택배입니다, 하는 대답이 들리면 문을 열었고, 여자의 얼굴을 볼 틈도 없이 물건을 받고 문을 닫곤 했던 것이다.

그때 여자가 지호를 슬쩍 바라보고는 감정이 실리지 않은 미적지근하고 어색한 웃음을 머금었다. 서먹함과 낯섦, 조바심과 조심스러움이 뒤범벅된 두 여자의 시선이 해바라기 씨가 놓인 접시와 이미 져 버린 해 사이에서 엇갈렸다. 그 기이하고도 이상한 순간에 지호는 그의 얼굴을 떠올렸다. 깜빡 잊었던 그가 다시 생각나자 지호는 우울한 눈으로 여자를 쳐다보았다. 작지만 휘둥그렇게 뜰 수 있는 눈과 통통하게 살이 오른 뺨과, 벌써부터 굵어져 버린 허리와 까칠한 머리카락으로 택배회사 트럭을 몰고 도시를 부지런히 달렸을 여자가 지호 앞에 앉아 있었다. 지호는 머그잔 두 개를 가져와 우유를 따랐다.

"사실은요…."

여자가 주춤거리며 입을 뗐다.

"어제 배달 중에 사고를 냈어요. 택배라는 게 그렇거든요. 전화 걸고 집 찾고 물건 전해 주고…. 늘 서두르니까 사고가 자주 나거든요."

"그랬군요."

지호는 고개를 끄떡였다. 지호가 감춰 버린 말을 다 알고 있다는 듯이 여자가 말을 이었다.

"다른 사람을 보낼 수도 있었지만 여긴 꼭 내가 와야 된다는 생각을 하고 있었나 봐요. 그래서는 안 되는 데 말이에요. 혹시 회사에 전화를 한 건 아니죠?"

아니라는 뜻으로 가볍게 머리를 흔들자 여자의 얼굴에 안도의 빛이 어렸다.

"물품 정리를 하다가 여기 오는 걸 발견하곤 집으로 가지고 갔어요. 내일 아침, 그러니까 오늘 아침에 전해 주려고요. 아침 열 시에 말이죠. 그랬는데 글쎄 그게…."

"난 괜찮아요."

지호는 담담하게 말했다. 다정한 투는 아니었지만 그렇다고 차갑게 들리지도 않을 만큼, 담담하게. 사정을 말하고 양해를 구했다면 쓸데없는 오해는 하지 않았을 것이지만, 여자가 굳이 시간을 어기면서까지 배달을 온 것을 어떻게 받아들여야 할지 알 수 없었다. 조심스럽고 다소곳한 태도를 취하고 있는 여자를 슬쩍 바라보았다. 배달이 늦어졌다곤 해도 꾸뻑 건성 인사나 던지고는 태연하게 사라지면 그만일 수도 있는 일이었다. 슈퍼까지 가서 우유를 사다 주고, 해바라기 씨를 까 주고, 젖은 그것을 신문지 위에 펼쳐 베란다에 널어 주는 여자를 어떻게 해야 좋을지 갈팡질팡하고 있을 때 여자가 다시 말했다.

"꼭 한 번 이 집에 들어와 보고 싶었어요. 문을 열면 안에서 정말 좋은 냄새가 나곤 했거든요. 그렇지만 뭐, 그럴 수야 있나요. 그쪽에서 물건을 받고 문을 닫으면 잠깐씩 문 앞에 서 있곤 했죠. 아셨는가 모르지만."

"아니, 몰랐어요."

사는 것을 보고 싶었다고 말하는 여자를 지호는 물끄러미 쳐다보았다. 배달을 하다 보면 여러 사람을 만났을 테고, 여러 사람들은 여러 가지 말을 하게 되는 것이므로 지호에 대해 들었을 가능성이 있었다. 소문이란 있어도 그만 없어도 그만인 바깥세상의 일이었으나, 여자가 자신을 제멋대로 평가하고 있을지도 몰랐으므로 지호는 조금 긴장한 채 말했다.

"들어와 보지 그랬어요? 혼자 사는 집이라 그냥 썰렁할 뿐이죠."

여자는 머리를 크게 저으며 말했다.

"아니에요. 좋은 냄새가 나서 그랬을 뿐인 걸요. 이 단지 집집마다 거의 다 가 봤지만 이런 냄새가 나는 집은 없었어요. 그게 무슨 냄샌지 참 궁금했어요. 해바라기 씨를 올리브유에 볶는 냄새라는 걸 이제야 알았어요…."

여자가 주섬주섬 말을 이었다. 사고처리를 해 놓고 집으로 갔는데, 매번 똑같은 데서 똑같은 물건이 배달되고 있어서 도대체 뭐가 들었을까 궁금해 포장지를 뜯었단다. 해바라기 씨라는 것을 알고는 그냥 머리맡에 두고 잠이 들었는데 공교롭게도 아이 셋을 돌봐 주는 시어머니가 해바라기 씨를 발견하고는 그만 물에 푹 담가 버렸다는 것이었다. 아이가 셋, 이라는 말에서 지호는 움찔 몸을 떨었다. 그리고 지그시 어금니를 눌렀다. 아이가 셋. 여자의 왕성한 생명력만큼이나 기운찬 질투심이 가슴 저 밑바닥에서 치밀어 올랐다. 지호는 저도 모르게 얼굴을 붉혔다. 내게 없는 걸 탐해 본 적은 없잖아, 그만둬. 지호는 자신을 타이르며 여자를 쳐다보았다.

"아침에 일어나 보니 그 지경이 되어 있더라구요. 얼마나 황당했던지. 건져서 수건 위에 얹어 놓고 한참 닦긴 했는데 그 사이 팅팅 불어 버렸어요. 햇볕에 말려서 가져오려고 했지만, 그러자면 내일이나 모레까지 기다려야겠고, 또 회사에서 찾아 대는 바람에 젖은 채로 봉지에 담았어요. 정말, 회사에는 말하지 않을 거죠? 남편이 이 년째 놀고 있어요. 내가 운전이라도 하니까 먹고사는 건데, 이런 일로 문제라도 생기면 저는 해고거든요. 계약직이긴 해도 여러 가지 물건을 배달해야 하니까 신원보증에 뭐에 온갖 복잡한 서류 제출하고 들어간 자리예요."

여자가 얼굴을 약간 숙였다. 지호는 숨을 몰아쉬었다. 여자의 말을 머릿속에서 재빨리 마우스로 그려 보았다. 남루하고 어지럽지만, 때문에 더욱 현란한 삶의 장면들이 빠르게 스케치되기 시작했다. 해바라기 씨가 현란한 장면들 곳곳에 속속 배어들어 뾰족뾰족 싹을 틔우는 것만 같았다.

"좀 남겨 두고 오지 그랬어요? 지금이 딱 해바라기 씨 뿌릴 때 아닌가요?"

"아이구, 남의 물건을 그럴 수야 있나요. 혹시 한 알이라도 남았을까 봐 싹싹 쓸어 담아 왔어요."

여자가 휘휘 손을 내저었다. 지호는 우유 한 모금을 마셨다. 그리고 허겁지겁해 보이지 않도록 해바라기 씨를 먹으면서 물었다.

"좀 가져가실래요? 난 다시 주문해 놨거든요."

"아유, 그럴 수야 있나요. 사실은 택배 일을 그만두려고 해요. 그래서 왔어요. 1종 면허가 있으니까 채소를 팔든지 생선을 팔든지 해 보려구요. 남편이 놀고 있으니까 같이 뭘 해 봐야죠. 그럼 다시는 못 볼 거잖아요. 고발이라도 했으면 어쩌나 몹시 걱정했는데, 이렇게 대해 줘서 너무 고마워요. 이제 그만 가겠어요."

여자는 어색한 웃음을 문 채 일어났다. 현관문 소리가 나고 여자는 곧 가 버렸다. 지호는 그제야 여자가 앉아 있던 자리를 쳐다보았다. 여자가 앉았던 자리에서 낯설고도 익숙한 비린내가 났다. 갖가지 생물체들이 알을 까고 새끼를 치는 아랫도리에서 나는 그 냄새였다. 지호는 일어나서 여자가 앉았던 자리에 앉았다. 야윈 허벅지 깊은 곳으로, 빈 채로 오그라든 생명의 거푸집 속으로 작고 꼬물거리는 어떤 것들이 왁실덕실 기어드는 느낌이 왔다.

지호는 앉은 채로 엉덩이를 비비적거렸다. 오래 말라 있던 요

144

니에서 축축하고 따뜻한 것이 흘러나왔다. 접시에 남은 마지막 해바라기 씨를 다 먹고 남은 우유를 마신 다음 지호는 창문을 열었다. 기분 좋을 만큼의 온기를 머금은 바람 속에서 여자가 해바라기 씨를 넣어 둔 신문지가 펄럭거렸다. 지호는 베란다로 나가 해바라기 씨를 한 줌 가득 집고 바깥 창을 열었다. 창밖으로 팔을 내밀고 손바닥을 폈다. 촉촉하게 젖은 해바라기 씨가 바람에 날려 화단으로 떨어졌다.

베란다 아래로 고개를 내밀었다. 바람이 길게 자란 그녀의 머리카락을 스란치마처럼 활짝 펼쳤다. 머리카락 한 올 한 올에 바람이 잘 스미도록 지호는 고개를 슬쩍 흔들었다. 벚나무가 꽃망울을 매달고 서 있는 길을 따라 여자가 몰고 온 택배회사 차가 조심조심 가고 있었다.

나비의 저녁

1.

오윤이 초대했다. 감자칩 만들 건데 버드와이저 사 올래? 삶았을 때나 날것일 때나 속이 하얀 감자처럼 오윤의 목소리는 포슬포슬하고 밝았다. 나는 어제 만났다 헤어진 사람처럼 응, 그래, 하고 대답했다. 한 번쯤 오윤에게 다녀와야 하지 않을까 하는 생각을 오래 하고 있었고, 마침내 그 때가 왔음을 알아차렸던 것이다.

이른 봄이면 산수유가 곰삭은 슬픔처럼 노랗게 멍울지는 마을로 오윤이 이사를 간 것은 삼 년 전이었다. 이 년 동안 수집해 놓았던 종이를 깡그리 고물장수에게 내주고 떠나겠다고 했을 때는 함께 살던 남자의 그 이상한 죽음을 잊으려고 그러는 줄 알았다. 그런데 새로 이사한 마을에서 보내온 첫번째 편지에서 오윤은 종이 얘기를 하고 있었다. 도르랑 도르랑 빗방울이 함석지붕에 떨어지는 소리를 들으면서 닥나무를 찌고 있는 중이야. 종이를 만들기 시작했는데 아직은 순조롭지 못해. 딱딱하고 질긴 나무껍질이 솜처럼 부드러워지려면 몇 번을 삶고 얼마나 두들겨 빨아야 하는지 모르지? 몇 달 뒤 받은 다음 번 편지도 마찬가지였다. 닥풀 씨앗을 구해 마당 언저리에 심었어. 펄프를 고해(叩解)할 때 접착액으로 쓰려고. 느릅나무 수액을 쓰기도 한다지만 구하기가 쉽지 않아서 말야. 산수유꽃이 지고 한참 뒤에 피는 닥풀꽃을 볼 때마다 내가 산수유꽃 색에서 닥풀꽃 색으로 바래지는 것 같아. … 종일 초지망(抄紙網)으로 한 장 한 장 종이를 뜨면서 내 마음 켜켜이 놓인 그 사람을 생각했지. 마음의 켜에서뿐만 아니라 몸의 켜에서도 아직 생생하게 그 사람이 느껴져. 오윤은 종이를 만들면서 종이 속으로 사라진 남자를 쫓아가고 있었던 것이다.

오윤이 보내오는 편지의 종이는 거칠었고 낯설고 이상한 냄새가 났다. 나는 오윤이 함께 살던 남자의 참혹한 죽음을 잊기 위해서가 아니라 더 곰곰히, 더 오래 그 남자를 생각하기 위해 새로운 곳에서 새로운 일을 시작한 모양이라고 조용히 이해했다. 오윤이 머지않은 날에 정신분열을 일으켜서 결국엔 요양원 같은 곳에 수용되었다가 비참하게 죽을지도 모른다는 생각도 물론 했다. 하지만 오윤이 정기적으로 보내오는 편지의 종이가 점점 더 다감하고 부드러운 질감으로 나아가는 것을 보고는 어느 정도 안심했다. 시작이야 어쨌든, 종이 만드는 일에 몰두하다 보면 함께 살던 남자의 끔찍한 죽음으로부터 놓여나게 되리라 여겼다.

그렇게 구례 어디에 있다는 마을로부터 잊을 만하면 날아들곤 하던 편지 대신 걸려온 전화에서 오윤이 감자칩을 들먹였기 때문인지 따뜻하고 향긋한 물에 발을 담근 듯한 기분에 빠져들었다. 모든 면에서 어긋나고 다르기만 하던 나와 오윤에게 공통점이 있다면 버드와이저와 프링글스를 좋아한다는 점이었을 것이다. 오윤과 나는 버드와이저와 프링글스를 자주 먹었다. 한잔할까? 내가 아니면 오윤이 먼저 말을 꺼내면 한 번도 사양해본 적이 없을 만큼. 감자칩과 버드와이저를 먹고 있을 때 우리는 부드러운 관계였다. 그러다가 남자와 함께 살게 되자 오윤은 감자칩을 직접 만들기 시작했다. 아무리 프링글스가 맛있다 해도 세상에서 유일하고 단 한 번뿐인 맛을 찾아보라는 남자의 권유를 받아들인 것이었다. 남자는 입맛이 까다로웠고, 재료를 구입해 직접 만든 것이 아니면 잘 먹지 않았다.

아무튼 오윤이 열심히 요리를 하게 된 것은 나로서도 썩 좋은 일이었다. 제대로 된 음식이란 게 무엇인지 오윤을 통해 비로소 알게 되었으니까. 싱싱한 감자를 깨끗이 씻어서 껍질째 얇게 썬 다음 마른행주로 물기를 닦고 소금과 페퍼민트 가루와 후추를 살짝 뿌린 뒤 올리브유를 발라 오븐에 구운 오윤의 감자칩은 프링글스보다 훨씬 담백하고 고소했다. 외에도 오윤은 감자로

크로켓과 샐러드, 볶음과 그라탱을 만들기도 했고, 일부러 푹 썩힌 감자로 녹말을 만들어 감자떡을 만들어 주기도 했다.

나는 잠시 오윤이 그리웠다. 아니 참기름에 다진 마늘을 넣고 볶은 멸치, 간장과 물엿을 끓여 월계수 잎 한 장을 살짝 곁들여 절인 깻잎처럼 오윤의 요리가 그리웠다.

2.

전화를 받은 다음 날 토요일 열 시에 내 차는 오윤에게 가기 위해 남해고속도로 서부산톨게이트를 통과했다.

바람이 약간 불었지만 시월의 하늘은 쾌청했고, 고속도로는 막힘없이 뚫렸다. 이건 좋은 징조야, 하고 나는 생각했는데, 날씨와 도로사정이 마치 나와 오윤 사이에 놓여 있던 수많은 장애물들을 걷어가 버릴 징조처럼 느껴졌기 때문이었다. 오윤은 어떻게 지내고 있을까. 갸름하고 긴 목과 도톰한 입술을 가졌던 오윤의 얼굴이 오래전 사진처럼 기억났다. 삼 년이나 못 봤지만 별로 변한 건 없겠지. 자신감이 넘치는 어깨와 조금 경중대는 듯한 걸음걸이도 여전할 거야.

그러나 버드와이저를 마시면 불꽃처럼 타오르곤 하던 오윤의 눈빛에까지 기억이 이르자 푸른 의기로 충천했던 잎들이 땅바닥으로 곤두박질할 때처럼 아득한 기분이 들었다. 돌이킬 수 없는 시간이 팔십 킬로미터 퍼 에이치로 차근차근 다가오는 것 같았다. 흔해빠진 연애, 흔해빠진 남자 때문에 유난을 떤다고 비아냥거리기라도 하면 오윤은 눈을 흡뜨고 강변하곤 했었다. 그 사람이 허풍쟁이든 떠버리든 중요한 건 내 감정이야. 그 사람과 함께 있으면 이때까지 몰랐던 은은하고 희미한 온기 같은 게 느껴진다니까. 온기, 라고 오윤은 말했지만, 그 남자의 방탕함은 진정한 어떤 것을 위한 열기가 아니라 종잡을 수 없는 혼란으로 보였다.

그 남자와 함께 살기로 결정할 때 오윤은 스물여섯이었는데 남자는 오윤보다 열 살이나 더 많았다. 서른여섯은 인생의 의미를 찾아 갈팡질팡하기에 솔직히 너무 늦은 나이였다. 나는 오윤을 처음 만났던 날을 생각해 봤다. 둘이서 졸업 프로젝트로 인터넷 쇼핑몰을 함께 구축하기로 합의하고, 내가 살던 원룸으로 오윤이 짐을 옮기고, 우리는 풀과 종이처럼 가까워졌다. 전산정보학과 동기였던 우리는 몇몇 강의를 함께 들었고, 유급이나 휴학 한 번 없이 졸업하게 되었다는 사실 외에 서로에 대한 별다른 정보를 가지고 있지 않았다. 대체로 사교성이 부족한 편이었던 나로서는 역시나 사교성이 부족해서 혼자 캠퍼스의 이곳저곳에서 발견되곤 하던 오윤의 제의를 어떻게 받아들여야 할지 조금 갈팡질팡했던 것도 사실이었다. 그러나 커피를 두 번 마신 다음에는 그만 승낙하고 말았다. 몰 구축하고 판매관리하는 건 네가 맡아. 사 년 동안 배웠다지만 사실 난 그쪽으론 젬

병이거든. 대신 제품에 대해서만은 충분히 책임질게. 이래 봬도 프리마켓 경력 육 년이야. 오윤이 눈을 빛내며 대학에 들어오기 전부터 직접 제품을 만들어 팔아 왔음을 강조했기 때문만은 아니었다. 오윤에게서는 절실하고도 간절한 어떤 것이 느껴졌었다.

학비를 벌려고 시작한 일이었다고 했지만 오윤이 쇼핑몰을 통해 팔아 보겠다고 보여준 제품은 탄복과 찬사를 늘어놓기에 충분할 만큼 독창적이었다. 구질구질한 내력이 좀 있어. 오윤은 조금 속상하다는 투로 덧붙였다. 부모님 일찍 돌아가시고 할머니와 살았어. 관절염과 신경통뿐인 할머니가 기초생활보조금을 받는 일 외에 뭘 할 수 있었겠어? 어릴 때부터 종이로 귀걸이나 목걸이, 반지 같은 걸 만들면서 놀았지. 나비처럼 날고 싶었지만 날 수 없었다고나 할까.

나는 첫눈에 오윤이 만든 장신구에 매료되어 버렸다. 독창적인 모양과 색깔을 가진 오윤의 목걸이와 귀걸이라면 누구라도 사고 싶어 할 것 같았다. 해 보자. 나와 오윤이 구축한 쇼핑몰은 성공이어서 과제심사에 들어가기도 전에 폭발적인 매출을 기록했다. 우리는 서투른 사업가 행세를 하느라 정신이 없었다. 오윤이 디자인하고 직접 만든 패션소품과 장신구는 불티나게 팔렸다. 새로운 제품의 이미지를 업데이트하거나 주문과 배송을 맡은 나는 눈코 뜰 사이 없이 바빴고, 오윤도 걸핏하면 밤을 새웠다.

우리는 졸업식에도 참석하지 못한 채 일했는데, 이 년이 지나자 그만 매출이 시들해지고 말았다. 몇 척의 커다란 배와 그 주변에 떠 있는 또 몇 척의 작은 배로 형성되어 있던 인터넷이라는 망망대해에 먹을 것이 풍부하다는 소문이 빛의 속도로 퍼져 나간 탓이었다. 먹이를 찾아 모여드는 셀 수 없이 많은 배들로 인해 망망했던 바다는 시끄럽고 혼잡한 항구가 되어 버렸다. 그러는 사이 오윤과 나도 나이를 먹었다. 새로운 출발을 위해서 내가 웹디자인 학원에 등록하던 날부터 오윤은 남자와 함께 살기 시작했다. 오윤이 남자와 함께 살기로 작정해 버렸기 때문에 내가 웹디자인과 웹애니메이션으로 독립할 계획을 세웠다고 하는 것이 옳겠다. 어느 날 갑자기 나타난 오윤의 남자는 오윤보다 나이가 열 살이나 많았지만 활달하고 사교성이 좋았으며, 장르가 분명치 않은 분야의 예술가였다.

　그는 고집이 세고 오만했고, 경제적인 문제에 대해서는 거의 무지해서 씀씀이가 헤펐으면서도 걸핏하면 직장을 그만뒀다. 집 안에 흙을 들여 놓고 뭘 잔뜩 만들더니 그것을 산에 파묻어 놓고 와서 쓴 시를 읽어 주는 기이한 저녁 모임을 갖기도 했다. 오윤은 걷잡을 수 없이 남자에게 빠져들었지만, 내가 보기에 그 남자는 기분에 따라 되는 대로 일을 벌리고는 예술을 들먹이며 현실적인 여러 책임을 피하는 떠버리였다. 남자와 오윤이 뭐라고 나를 설득하든, 그리고 많은 사람들이 예술에 대해서 뭐라고 풀이하든 간에. 아무튼 예술을 한다니까, 하고 내 충고를 일축해 버린 오윤은 수입이 없는 남자 대신에 다시 쇼핑몰을 열었다.

 비즈와 인조보석과 은세공품을 만들어 팔기 시작했으나 오윤의 수입은 신통치 않았다. 둘이 일하면서 꽤 비축해 두었던 오윤의 주머니는 바닥이 났고 내게 손을 벌렸다. 그렇게 염치를 잃어 가는 동안에도 오윤은 행복해했다. 혼자 남겨진 나를 위해 세 번 정도 남자를 소개해 주기도 했다. 너도 네 식대로 행복해지길 바래. 오윤은 진심으로 말했고, 솔직히 나도 그러고 싶었다. 행복해지고 싶지 않은 사람은 세상에 없을 테니까. 내가 택한 남자는 답답하리만치 직장에 충실했으며 김치찌개를 끓일 줄 알았다. 오래 기다리지 않아서 아이가 태어났고, 비정기적이기는 하지만 내 일거리도 충분했다. 그런데도 행복, 이라고 하면 고개가 절로 갸웃거려졌다. 알 수 없는 심연이 아래쪽에 감춰져 있는 것 같은 상태의 평온을 뭐라고 말하면 좋을까? 나는 때때로 그 야릇한 느낌 때문에 힘이 쭉 빠지곤 했다. 달리고 싶어, 하고 생각했지만 어디로 어떻게 달려야 하는지 알 수 없었고, 왜 그런 생각을 하게 됐는지에까지 이르면 그만 우울해지곤 했다. 그래서 곧 달리고 싶은 마음만 누르면 아무 문제 없는 것이라고 나 자신을 타일렀다.

 일요일 아침의 고속도로는 충분히 한산해서, 부질없는 생각을 하기에 딱 좋았다. 나는 석 달 전에 오윤에게서 마지막으로 받은 편지를 생각하면서 핸들을 꾹 쥐었다. 편지의 내용보다 먼저 종이가 떠올랐다. 오윤의 종이는 드문드문 잡티가 섞여 있기는 했지만 옹이가 많이 줄어들어 있었다. 손으로 쓸면 부드러운 소리가 났으며, 닥종이 특유의 누르스름함에 약간의 붉은색을 띠고 있었다. 종이 만드는 데 어느 정도 자신감이 생기자 염색을 시도하고 있는 것 같았다.

편지에도 그렇게 적고 있었다. 종이에 색을 입히는 방법은 두 가지가 있대. 다 만들어진 종이에 직접 하는 방법과 종이를 뜨기 전의 펄프 반죽을 염색하는 방법 말이지. 이번에는 종이에 직접 해 봤어. 다음엔 펄프 반죽을 염색해서 종이를 떠 볼 생각이야. 그때 나는 오윤의 종이를 불빛에 비춰 봤다. 연한 붉은빛이 펄프의 결을 따라 삼투되어 있었다. 오윤이 종이 만드는 데 성공하고 염색까지 하게 된 것은 다행한 일이었지만 그것이 함께 살던 남자의 그림자를 쫓아가는 것이라는 사실 때문에 여전히 꺼림칙했다. 그리고 그날 밤 나는 홍람(紅藍)이라는 국화과 풀을 절구에 찧어 즙을 내고 있는 오윤의 꿈을 꾸었다. 꿈에 오윤은 홍람의 즙을 온몸에 바른 것처럼 발갛게 물들어 있었고, 그렇게 물든 몸을 종이에 뉘어 천천히 굴렸다. 종이가 선명하고 붉은색으로 물들어감에 따라 오윤의 몸피는 점점 줄어들었다. 오윤의 몸에 발라진 붉은색은 절구에 찧은 홍람의 즙이 아니라 오윤의 몸에서 흘러나온 피였던 것이다. 나는 식은땀을 흘리며 잠에서 깼다.

오윤이 보내오는 편지의 종이가 점차 붉어지고 있다는 것을 알아차린 것은 그 꿈을 꾼 다음이었다. 붉은색에 이어 녹색과 청색, 자색과 노랑으로 내가 받을 편지도 울긋불긋해질 것이고, 울긋불긋하다는 것은 오윤이 아직도 격렬한 감정의 출렁임 속에 있음을, 남자의 죽음을 제 속에서 완전히 삭힌 다음에 재생하고 있음을 의미하는 것이라 믿었다. 그러니까 이제 다시 감자칩 이야기를 하는 것 아닐까. 그런데도 나는 고개를 갸웃했는데, 오윤의 지나치게 환한 목소리에서 어쩐지 바랜 느낌이 들었던 것을 지워 버릴 수 없어서였다. 하얗지만 원래 하얀 것이 아니라 억지로 하얘진 바램, 원래의 색깔을 벗겨내기 위해 몇 번에 걸쳐 표백한 결과로 얻어진 일종의 가공된 환함 같은 것 말이다.

나는 모르는 사이에 엑셀을 힘껏 밟았다. 머릿속에서 기름 끓는 소리가 났다. 오윤을 만나지 않는 편이 좋지 않을까 하는 불길하고 냉정한 생각도 들었다. 부드러움과 거침, 냉정함과 따뜻함, 익숙함과 낯섦같이 오르락내리락 출렁거리던 오윤에 비한다면 나는 고인 물처럼 잔잔하고 싶은 취향이었다. 걸핏하면 돈을 꾸러 오던 오윤이 지겨웠고, 함께 살던 남자와 옥신각신하고는 잔뜩 절망적인 제스처를 보이다가도 언제 그랬냐 싶게 태연히 자기들이 얼마나 섹스를 잘 하는지에 대해 늘어놓던 오윤이 부담스러웠다. 그래서 남자가 오윤을 떠나고, 여섯 달 만에 제지공장에서 일하고 있는 남자를 찾아낸 오윤이 곧 제지공장이 있는 이웃도시로 옮겨갔을 때는 솔직히 홀가분했다. 그들

이 이웃도시로 가고 나자 당장 와 달라거나 혹은 달려오는 소
동으로부터 일단은 벗어날 수 있었기 때문이었다. 그래서 내가
가끔은 이웃도시로 오윤이 만들어 주는 음식을 먹으로 가기도
했었다. 그들은 여전히 옥신각신이었는데, 내가 있어도 개의치
않았다. 내 작품에 대해서 이러쿵저러쿵하지 마. 뭘 안다고 그
래? 남자가 숟가락을 두드리면 오윤도 지지 않고 소리쳤다. 눈
알이 너무 움푹했어요. 눈알이 움푹한 건 죽어서 썩은 거라구
요. 난 아직 죽지 않았어요. 난 썩은 생선을 만든 거야. 내가 썩
은 생선이란 말이에요? 폐지를 갈아서 펄프를 만들고 탈묵(脫
墨) 표백과 탈색을 거쳐 재생지를 생산하는 공장에서 일하고 있
으면서도 여전히 예술타령이던 남자는 위태로울 만큼 비현실적
이라는 점에서 오윤과 잘 어울렸다. 현실적으로 사는 일에 목을
매달고 있는 나를 비웃는 데 있어서도 마찬가지였다.

　나는 운전대를 꽉 잡고 똑바로 앞을 쳐다보며 중얼거렸다.
나는 오윤의 남자를 믿을 수 없었어. 당연히 좋아지지 않았지.
그 남자를 만나기 전에 오윤은 삶 자체에 대한 열의로 반짝였
고 할머니의 관절염과 신경통을 걱정했지. 그런데 그 남자는
예술이라는 얼토당토않은 함정에 오윤을 끌어들이고는 할머
니를 양로원에서 죽게 했지. 전시회도 한 번 열지 못했고 책 한
권도 쓰지 못한 주제에 예술은 무슨! 특히나 오윤은 남자를 만
난 뒤 완전히 나를 무시했어. 너절했던 제 인생이 나비처럼 팔
랑이는 날개를 단 것처럼 뽐냈어. 내 삶이 청포묵처럼 밍밍하

다고 놀렸지.

중얼거림이 계속되는 동안에 오윤이 그립고, 오윤의 요리가 그리웠던 어제의 느낌이 설명할 수 없는 혼란으로 다가왔다. 만나지 못한 지난 삼 년 동안에 충분히 잊어버렸다고 생각했는데 오윤과 함께했던 끔찍한 날들로 되돌아가고 있는 것 같았다. 가시처럼 목을 쑤시게 될지도 모를 감자칩 때문에 성급하게 길을 나섰다는 후회가 밀려왔다. 그러나 나는 곧 다시, 한 번쯤은 더 오윤이 만들어 주는 감자칩을 먹어 주어야 하지 않겠느냐고 스스로를 도닥였다. 오윤의 고통이 평온하고 지루한 내 삶의 아래쪽에 심연처럼 버티고 있다 하더라도 감자칩을 만들게 되었다면 한번쯤은 오윤의 손을 잡아 줘야 할 것 같았다.

오윤이 감자칩뿐만 아니라 더 이상 어떤 음식도 만들지 않게 된 것은 남자가 재생지를 주로 만드는 그 공장의 파지 분쇄기 속에서 잘디잘게 갈아져서 펄프의 일부가 되어 버린 뒤부터였다. 사고 소식을 듣고 오윤은 깔깔 웃으면서 전화를 걸어 왔었다. 넌 어떻게 생각하니? 기막혀서 말이 안 나와. 그래놓고 오윤은 다시 미친 듯이 울기 시작했으므로 나는 부랴부랴 이웃도시로 달려갔었다.

제지공장 안에 마련된 영안실에는 남자가 그날 저녁 신고 나갔다는 운동화 한 켤레가 영정 앞에 놓여 있었다. 부쩍 신경이 예민해져 있었어. 또 바람이 들었던 게지. 그럴 때가 됐거든. 하지만 그냥 가 버렸어도 원망하지 않았을 텐데 왜 이런 연극까지 벌인 걸까? 저 빈소는 뭐고 신발은 또 뭐람. 상복을 입지도 않은 채 짙은 화장을 한 오윤이 덧붙였다. 이것도 작품의 하난지 몰라. 아마 그럴 거야. 아무도 상상치 못한 작품을 내놓고 말겠다고 벼르고 있었으니까. 다른 사람은 다 속여도 난 못 속여. 오윤의 말투가 너무 담담했기 때문에 나는 모르는 사이에 고개를 끄떡이고 말았다.

나도 오윤의 남자가 그런 식으로 떠났기를 바랐다. 야간 근무를 하던 중 잠시 쉬겠다면서 평소처럼 폐지더미에 풀썩 몸을 던지던 남자를 누군가 봤다 했지만, 아침 퇴근 시간이 되도록 나타나지 않는 자기 때문에 공장이 발칵 뒤집히는 것을 몰래 지켜보면서 그 남자가 어디선가 낄낄 웃고 있을 것만 같았다. 그렇지 않다면 감당할 수 없는 고통에 발을 담그고 빨갛게 핏물이 들어가는 오윤을 봐야 할 것이기에.

눈물 한 방울도 없이 남자의 장례는 끝났지만 오윤은 어디서 어떻게 남자를 찾아낼 것인가에 골몰해 있었다. 남자가 그렇게 이상한 방식으로 죽었을 리 없다고 거의 확신하고 있던 오윤이 그 믿음을 거둬들인 것은 늙은 제지공장 퇴직자의 말을 들은 뒤였을 것이다. 하루는 오윤이 프링글스와 버드와이저를 사 들고 울면서 먼 길을 달려왔다. 오래 전 나라에서 삼라만상의 불심을 깨우기 위해 범종을 만들 때 산 아이를 쇳물이 펄펄 끓는 용광로에 넣었는데 산 채로 녹아서 종의 영혼이 된 아이가 지금도 에밀레 에밀레 슬프게 운다는 이야기를 들어 그 퇴직 노동자는, 못 쓰게 된 종이를 재생하는 공정에는 해마다 산목숨 하나가 제물로 바쳐지곤 했다고 오윤에게 전해 주었단다. 도공이 최후의 걸작을 위해 불길 속에 자기 몸을 던져 넣는다는 전설처럼 파지 분쇄기도 새로운 종이를 위해서 산목숨을 요구한다고. 여기저기 위험 경고판을 설치하고 정기적인 안전교육을 아무리 엄중히 실시해도 해마다 비슷한 시기에 사고가 일어나고, 후한 보상과 대대적인 위령제를 지내는 것으로 봐서 그렇다는 얘기였다.

내가 처음부터 그 말을 믿었던 건 아냐. 오히려 황당하게만 들려서 분개했지. 그런데 얼마 지나지 않아서 곧 수긍하게 됐어. 오윤은 울면서 말을 이었다. 시험공부 할 때 말야, 잘 외워지지 않는 것을 외우려고 몇 번이나 써 보곤 하던 게 생각났어. 영어단어나 수학 공식 같은 걸 써 놓고는 제발 머릿속에 들어가라고 동그라밀 몇 번씩 그리기도 했었지. 그렇게 공부했던 게 시험에 나오고 용케 답을 맞히면 얼마나 기뻐했었니? 틀렸을 땐 또 얼마나 절망했었니? 종이에는 사람들의 희망과 절망이 스며 있다고 봐야지. 그 희망과 절망이 피를 부르는 것일 테고. 황당한 생각이라고 나무랐지만 오윤은 점점 더 집요하게 말했다.

공장에서 생산될 때는 아무 의미가 없는 물질에 불과한 종이지만 그중 일부는 당대의 걸작품을 담은 책이 되고 특별한 선물을 전하는 포장지가 되고 중요한 문제를 담은 서류가 되는 거잖아? 누군가를 칭찬하는 상장이 되기도 하고 연애편지지나 화선지가 되기도 하겠지. 서영아. 나 이제야 알 것 같애. 그 이상한 죽음은 스스로 종이의 일부가 되어 세상 속으로 스며들고 싶었던 그 사람의 마지막 작품이었던 거야.

오윤이 드디어 미쳐 버렸다고 나는 생각했다. 실제로 오윤은 미쳐갔다. 지독한 감정의 오르내림에 시달리면서 오윤은 남자가 파쇄될 무렵에 그 공장에서 생산 출하된 종이의 유출 경로를 탐색하기 시작했다. 얼마 지나지 않아서 오윤은 헌 종이를 갈아서 물에 푼 다음에 탈색과 표백과 코팅 같은 과정을 거쳐 생산된 재생종이가 신문이나 잡지를 인쇄하는 데 쓰인다는 것을 알아냈다. 그 공장에서 사고가 있던 그날 생산 공정을 거쳐 출하된 신문용지의 유통경로를 추적해 오윤이 사들인 신문은 엄청났다. 오윤은 그 많은 신문을 한 장 한 장 살피기 시작했다.

표백과 탈색 과정을 거친 데다 글자와 사진이 빽빽하게 들어찬 신문지에서 뭔가 이물질을 찾아내기란 불가능해 보였는데도 오윤은 걸핏하면 전화를 걸어와서는 이렇게 말하는 것이었다. 내가 뭔가를 찾아낸 것 같거든. 돋보기로 봤을 때는 보이지 않던 뭔가가 현미경에서는 보이는 거 있지. 좀 와 줄래? 하고 말이다. 오윤이 찾아냈다는 것이 무엇인지 알 수 없었지만, 설사 그것이 오윤이 주장하듯이 그 남자의 뼛가루이거나 살점이었다 하더라도 나는 결코 보고 싶지 않았다. 어느 정도 편안한 상태로 나이를 먹고 그럭저럭 살기를 원했던 내 평범한 계획은 무시한 채, 여전히 나를 그 지독한 오르내림의 물결에 끌어들이려는 오윤에게 진저리가 났다.

남강 휴게소로 진입해 시동을 끄고 창문을 열었다. 자동판매기로 가서 커피를 한 잔 뽑은 다음에 화장실에 갔다. 나는 종이컵에 든 커피를 천천히 마시며 되도록 오래 변기에 앉아 있었다. 머릿속의 기름 끓는 소리는 사라졌지만 솜털이 이리저리 옮겨 다니는 것처럼 왼쪽 귓속이 간지러웠다. 나는 고개를 왼쪽으로 돌려 왼손바닥 위에 귀를 얹고 오른쪽 손바닥으로 오른쪽 귀를 탁탁 두드렸다.

에밀레종이 아이의 처절하고 슬픈 울음소리를 품으려 했듯이 어떤 특별한 종이가 사람의 피와 살을 원했을 것이라는 말을, 감자칩을 먹으러 오라는 오윤의 말을 듣지 말았어야 했던 것이라고 나는 탁탁 귀를 두드리면서 생각했다. 지금이라도 돌아갈까? 하고 나는 다시 생각했는데, 그것도 나쁘지 않을 것 같았다. 내가 가지 않는다 해도 오윤은 감자칩을 만들거나 혹은 종이를 만들 것이다.

3.

오윤이 산다는 마을에서는 곰삭은 슬픔이 비죽비죽 터져 나오듯이 바싹 마른 가지마다 노랗게 멍울을 만들던 산수유나무가 여기저기서 발그레 열매를 익히는 중이었다.

차창을 조용히 열었다. 일러준 대로 느티나무가 서 있는 곳에서 남쪽으로 차 한 대가 지나다닐 만한 길이 보이자 곧장 따라가서 변압기가 매달린 전봇대 아래서 멈췄다. 뒷자리에 실어 두었던 버드와이저 상자를 들고 나는 골목 저쪽 오윤이 가르쳐 준 방향을 쳐다봤다. 아른아른 속을 보여 줄 듯 보여 주지 않는 산수유가 농밀한 액체처럼 방울져 매달린 고샅길이 전봇대에서부터 시작되고 있었다. 달콤하고 새큼한 공기가 자욱한 가운데 겸손하게 낮은 지붕 위로 청청하게 맑은 하늘이 다소곳이 물러나 있었다.

몇 걸음 떼자마자 익어 가는 산수유 주변에서 어딘지 상큼하고 달작지근한 냄새가 났다. 오윤이 종이를 만들기 시작했다는 말을 듣고 여기저기 웹서핑을 통해 알아낸 피상적인 지식 때문인지 나는 그것이 지척에 다가온 오윤의 종이냄새라고 생각해 버렸다. 종이란 여러 가지 풀이나 나무의 껍질 등 섬유질을 품고 있는 모든 식물로 만들 수 있다 했으니 오윤의 종이에서는 풀이나 나무, 그리고 펄프를 고해한 뒤 밀도를 안정시키기 위해 섞는다는 닥풀이나 느릅나무 수액의 냄새가 날 것이었다.

오윤의 체취 같은 그 냄새는 한 걸음 한 걸음 내가 나아갈 때마다 조금씩 진해졌다. 그립고 아득한 것이 아니라 울울(鬱鬱)하게 가슴을 미어지게 하는 무엇이 돌담에 튕겨 내게로 오는 햇살처럼 눈을 찔렀다. 이러지 마. 기왕 왔잖아. 버드와이저와 감자침을 나눠 먹고 돌아가면 돼. 나는 발끝에 힘을 주었다.

돌과 흙을 번갈아 쌓은 오래된 담을 십여 미터 걸은 다음에야 오윤이 알려준 집이 나타났다. 폭 넓은 치마처럼 펼쳐진 마당에 제멋대로 앉아 있던 키 낮은 풀이 사람 기척에 깜짝 놀란 듯 파르르 흔들렸다.

마을의 안정된 적요와는 다른 음울한 단절의 기미가 물씬 느껴져서 나는 모르는 사이에 헛기침을 하며 둘러봤다. 칠도 하지 않은 슬레이트를 얹은 지붕을 오래 떠받치는 일에 진저리가 났다는 듯이 슬쩍 기울어진 채 미동도 없는 기둥과 반쯤 열린 장지문, 군데군데 흙이 떨어져 나간 벽과 비의 채찍을 흠씬 맞은 축담, 위채 오른쪽에 지붕만 남은 채 을씨년스럽게 앉아 있는 헛간….

그러나 내 망막 속에 들어온 그 풍경은 담벼락을 따라 설치된 대나무 채반 위의 검붉은 종이를 제외한 것이었다. 버드와이저 상자를 일부러 소리나게 마루에 내려놓고 엉덩이를 걸치고 앉아서 나는 키 낮은 풀과 허물어져 가는 지붕과 을씨년스러운 헛간만 눈에 담고 가을 햇살 아래 가슬가슬 말라 가고 있는 오윤의 종이들은 일부러 외면해 버리고 있었던 것이다. 헛간의 가마솥 아궁이에 불이 지펴져 있는 것이나 커다란 돌절구와, 절구보다 곱절은 큰 플라스틱 물통 몇 개와, 채반과 막대기와 소쿠리 같은 여러 가지 집기들을 의도적으로 걷어 내고서 나는 무엇을 보고 싶었던 것일까, 잠시 아득했다.

166

엉거주춤 마루에 엉덩이를 걸쳤을 때 불현듯이 껍질째 얇게 썬 감자의 물기를 닦고 소금과 후추와 페퍼민트 가루를 살짝 뿌린 다음에 올리브유를 발라 구운 감자칩 냄새가 그리움처럼 불쑥 가슴 한가운데를 파고들었다. 나는 고소하고 달콤한 냄새가 나는 쪽으로 반사적으로 고개를 돌렸다. 모락모락 장작이 타고 있는 아궁이 뒤쪽에서 하얀 옷을 입은 유령이 허공에 둥실 떠오른 채로 걸어 나오고 있었다. 그건 분명 유령이었다. 나는 두 번 눈을 깜빡인 다음에야 그것이 유령이 아니라 오윤이라는 것을 알았다.

그러나 오윤이 분명하다는 것을 알아차리고도 아무렇게나 흘러내린 검은색 머리칼과 하얀 피부와 원피스의 선명한 대비 때문에 여전히 유령을 본 것처럼 어리둥절했다.

오윤은 중량감이 전혀 느껴지지 않는 걸음으로 감자칩을 담은 나무쟁반을 들고 천천히 헛간에서 마당을 가로질러 내가 앉아 있는 마루로 왔다. 널어 둔 빨래가 바람에 흔들리듯이 뼈만 남은 오윤의 몸에 걸쳐진 하얀색 원피스가 흔들렸다. 오윤은 원피스처럼 하얀 팔과 다리를 간신히 마루 위로 올리고 희미하게 웃었는데 새파래진 입술이 열리자 한가운데 움푹 팬, 치아 빠져나간 자리가 보였다.

나는 아무 말도 하지 않고 버드와이저 캔 두 개를 꺼내 코크를 열었다. 오윤이 버드와이저를 받아 들고 한 모금 마시고는 감자칩 쟁반을 내 앞으로 슬쩍 밀어 주며 말했다. 가마솥 뒤에 오븐을 만들었어. 아궁이의 불기운이 굴뚝으로 빠져나가기 전에 흙으로 만든 오븐을 데워 주지. 감자칩을 굽기에는 그만이야. 오윤의 목소리는 환하게 밝았지만 물기가 다 빠져나가 버린 듯 가슬가슬했다. 버드와이저 한 모금을 마시고 오윤이 만든 감자칩 한 조각을 입으로 가져갔다. 감자칩은 달작지근하고 고소했으며, 페퍼민트 향기가 살짝 났다. 울컥 눈물이 났다. 종이를 널어놓은 담 너머에서 붉게 방울져 익어 가고 있는 산수유 열매 하나가 갑자기 떨어져 내린 듯.

버드와이저 캔 두 개가 빌 때까지 나는 잠자코 감자칩을 먹었다. 살점 하나 없이 바싹 마른 오윤을 입 안에 넣고 씹는 것처럼 감자칩이 바삭바삭 소리를 내며 목구멍으로 넘어갈 때마다 내 앞에 앉아 있는 오윤의 몸피가 조금씩 조금씩 줄어들었다. 왜 그렇게 말라 버렸는지, 감자만 먹고 산 거 아니냐는 말이 버드와이저처럼 쌉싸름하게 감자칩과 함께 넘어갔다. 그동안 왜 한 번도 와 주지 않았느냐는 말을 삼키듯이 오윤도 잠자코 버드와이저만 마셨다.

바람이 널어놓은 종이를 여러 차례 흔들고 지나갔다. 버드와이저 한 상자가 마침내 다 비워졌다. 오윤이 간신히 지탱하던 몸을 마루에 눕혔다. 네게 감자칩을 만들어 주고 싶었어. 버드와이저 때문인지 오윤의 목소리가 축축하게 젖어 있었다. 내 목소리도 그렇게 젖어 있을까 봐 나는 침을 꿀꺽 삼켰다. 몸 생각도 해야지, 이렇게 엉망으로 만들어 놓으면 어떻게 해? 나는 빈

나무 쟁반을 옆으로 치우고, 오윤의 머리에 내 다리를 괴어 주었다. 종이 한 장을 얹은 것처럼 무게가 느껴지지 않는 머리였다. 오윤이 축 늘어진 팔을 들어 마당을 가리키며 공기가 빠져나간 풍선처럼 허물어진 입술을 달싹였다. 저, 저 종이들, 내 피를 뽑아서 물들인 거야. 그렇게 하면 나도 종이 속으로 들어갈 수 있지 않을까 해서. 몇 번 해 봤는데, 아주 재미있었어.

기웃해진 해처럼 오윤은 힘겹게 들어 올렸던 팔을 내렸다. 그리고 조용히 눈을 감았다. 가을 해가 서쪽으로, 오윤이 고개를 꺾은 방향으로 기울어 있었다.

조금씩 도둑

1.

곧, 피융이 올 거라고 바바가 말했다. 피융이라는 이름이 재빨리 심장을 뚫고 지나갔다. 못 들은 척 창밖으로 눈길을 돌렸다. 총알이었을까, 화살이었을까. 횡단보도 앞에서 갈색 스카프를 두른 여자가 건너편을 향해 손을 흔들고 있었다. 빨간색 등이 꺼지고 초록색 등이 켜졌다. 스카프의 동작이 조금 더 활발해졌다. 저쪽에서 건너오는 사람은 열 명 남짓. 스카프의 동작이 누구를 향하고 있는지는 확실하지 않았다. 건너가고 건너오는 사람들은 날씬하거나 뚱뚱했고, 키가 작거나 컸으며, 머리가 짧거나 길었다. 제각기 점퍼나 외투를 입었고, 구두나 운동화를 신었으며, 가방을 들거나 들지 않거나 했다. 그러나 그 모든 것은 약간 다르다는 느낌일 뿐 시선을 끌지 않았다. 그런데 스카프만 선명하게 눈에 들어왔다. 여자의 스카프는 진하고 연한 갈색 조각이 이어지면서 무늬를 만들고 있었고, 발목을 살짝 덮은 같은 색의 앵클부츠와 잘 어울렸다.

띠띠는 가만히 스카프를 지켜보았다. 스카프가 머리를 돌렸다. 눈이 마주친 줄 알았는데, 스카프의 시선은 카페 앞 테라스에 놓인 두 개의 탁자에 멈췄다.

"저 여자, 테라스에 앉을 작정인가 봐. 밖은 아직 추울 텐데."

이번에는 바바가 못 들은 척했다. 그때 스카프가 다시 고개를 돌리더니 횡단보도 쪽을 향해 두 팔을 크게 벌렸다. 검정색 워커와 같은 색의 꽉 끼는 바지와 셔츠에 갈색 재킷을 입은 여자가 스카프를 힘껏 껴안았다. 풍성하고 긴 머리를 한 갈래로 묶은 워커와 스카프는 서로 어깨를 토닥였다. 스카프와 앵클부츠, 재킷의 색깔 때문에 그들은 마치 한 사람이 된 것 같았다. 피융이라는 이름이 뚫어 놓은 구멍에서 조그맣게 물 흐르는 소리가 났다.

스카프와 워커가 총총 걸어와 테라스 탁자에 자리를 잡았다. 해가 중천에 떠 있기는 해도 십일월이 중간쯤 지난 날씨는 쌀쌀했다. 따뜻한 차와 실내의 온기를 마다하고 서둘러 테라스에 앉다니. 안에서 밖을 볼 수는 있지만 밖에서는 안이 잘 안 보이는 스팬드럴 유리를 사이에 두고 띠띠는 고개를 갸웃거렸다. 스카프의 뽀얗고 갸름한 얼굴과 긴 머리가 몹시 낯익었다. 워커의 재킷과 바지, 손놀림도 다음 동작을 가늠할 수 있으리만치 익숙했다. 종업원이 차림표와 물을 갖다 주었을 때 스카프가 눈을 내리깔고 그것을 뒤적이는 것이나, 물잔을 든 워커가 새끼손가락을 까딱거리는 것도 그랬다.

"저기 나와 피융이 있네!"

띠띠는 갑자기 탄성을 질렀다. 정말 놀라운 일이었다. 자기가 보고 있는 것이 바로 자기라니. 의자를 완전 채울 만큼 커다란 바바가 띠띠가 가리키는 쪽을 내다보았다.

"어디?"

테라스의 탁자를 가리켰지만 바바의 눈은 이리저리 헤매고 있었다.

"넌 여기 있잖아. 그리고 피융은 지금 오고 있는 중이지."

하지만 띠띠와 피융은 유리창 밖에 있었다. 서른두셋쯤의 나이, 띠띠와 피융이 지나온 나이의 그들이 거기 있었다. 워커를 신은 피융이 손을 내밀었고, 스카프를 두른 띠띠가 그 손을 잡았다. 탁자 아래서 그들의 무릎이 어깨처럼 조심스럽게 부딪쳤다. 형언할 수 없는 기쁨이 온몸에 퍼지는 것을 띠띠는 분명히 느꼈다.

"피융과 나도 저렇게 앉아 있었어."

서늘하고 메마른 혼잣말이 피융이라는 이름이 뚫어 놓은 구멍을 빠져나갔다. 잔영만 남은 여러 순간들이 뇌리를 스치고 지나갔다. 분명 저런 때가 있었다. 한 번이었는지 두 번이었는지, 세 번이었는지 네 번이었는지…. 조바심을 내며 기다리다 마침내 피융이 오면 띠띠는 달려가 얼싸안았다. 손을 잡고 그 눈을 들여다보았다. 피융의 눈은 얼마나 까맣고 초롱했던지. 띠띠는 재생하고 싶은 그 순간을 붙잡으려 애썼다.

"곧 가 봐야 해. 저녁 장사 하려면 엄청 종종거려야 된다고."

바바가 큰 소리로 말했다.

"가. 피융이 올 테니까."

띠띠는 창밖 두 여자에게서 눈을 떼지 않은 채로 대답했다.

"그럼. 피융이 올 테지."

"피융에게 널 넘기고 난 빠지는 거지. 매정한 것. 하지만 아무리 그래도 난 네가 좋아."

바바가 혀를 내밀었다. 띠띠도 따라 했다.

"그런데 왜 아프고 지랄이야. 애도 싫다 서방도 싫댔으면 몸 간수는 알아서 하란 말이야."

걱정을 가득 담아 바바가 투덜거렸다.

"다음에 또 아프면 전화 안 할 거야. 네게도, 피융에게도. 그냥 죽어 버릴 거야."

띠띠도 덩달아 투덜거렸다.

"말은 잘 한다. 몸살만 나도 뽀르르 전화해서 징징거릴 거면서."

"진짜 안 그런다고."

다짐하듯 말했지만 사실은 자신이 없었다. 몸이 아프거나 기분이 가라앉을 때, 정말이지 혼자 있기 싫을 때 띠띠는 피융이

필요했다. 띠띠가 오랫동안 자기에게 품고 있는 감정을 부담스
러워 하는 피용이 대체로 냉정하게 굴었기 때문에 번번이 바바
가 피용의 자리를 채웠다. 불쌍한 것. 이 지경이 돼도 죽 한 그
릇 만들어 줄 인간도 없다니. 바바는 죽을 끓여 주거나 약을 사
다 주었고, 커다란 몸에 기대고 띠띠가 한숨 자게 해 주었다.

이번에도 바바의 신세를 졌다. 한밤중에 응급실에 데려다준
것도 바바였고, 이런 저런 검사를 받고 치료를 받느라 입원해
있던 동안 하루도 빠지지 않고 와 준 사람도 바바뿐이었다. 사
람 하나 두지 않고 돼지국밥 장사를 하는 것이 결코 만만치 않
은데도 그렇게 했다. 피용에게는 나중에, 퇴원할 때 말하자는
부탁도 들어주었다.

"나 그때, 꼭 고양이가 된 기분이었어."

고맙다는 말 대신에 바바에게 속삭였다. 바바에게 안겨서 응
급실 침대에 눕혀졌을 때 바바를 쳐다보던 의사와 간호사의 표
정을 생각하니 웃음이 터졌다. 그들은 아랫도리가 피범벅인 띠
띠에게보다 띠띠를 안고 온 엄청나게 커다란 바바에게 더 놀란
것 같았다.

"고양이를 안고 있는 돼지라니, 어울리지 않잖아. 뭔가 좀 다
른 걸 생각해 봐."

"고양이를 안고 있는 뽀빠이는 어때?"

"난 너의 그 비유라는 것이 진짜 이해 안 되거든. 쓸데없는 데
신경 쓰는 거지 그게 무슨 의미가 있냐고."

바바가 또 투덜거렸다.

"쓸데없는 일 아니야. 내가 살아 있고 느끼고, 생각하는 걸 말하는 거라고."

띠띠는 콧방귀를 뀌면서 토라진 척했다. 비유는 띠띠의 오래된 취미였다. 세상에는 사람과 식물, 동물과 사물이 있었다. 그것들은 모두 밀접하게 관계되어 있었으며 어느 정도는 닮거나 닮지 않았다. 하지만 그것들은 어느 순간에 겹쳐지면서 서로 닮고 있었다. 그 닮음의 순간을 알아차렸을 때 비유는 자연스럽게 띠띠에게 다가왔다.

"비유를 느끼자면 여간 세심하지 않으면 안 돼. 안 보이는 것을 봐야 하고, 주어진 것들을 거부할 줄도 알아야 해."

"그렇게 비유 좋아하면 시라도 쓰지 그랬냐?"

"꼭 뭔가로 써야만 하니? 그냥 내가 세상에게 사람에게 보내는 편지라고 생각하면 안 돼? 외톨이가 안 되려는 안간힘이라고 이해하면 안 돼?"

"난 그런 거 몰라."

띠띠는 자신의 비유에 도무지 관심이 없는 바바가 야속했다. 바바야 그렇다 쳐도 피융에게서조차 최소한의 성의도 찾을 수 없을 때는 절망한 나머지 그만둘까 생각한 적도 있었다. 그러나 비유는 띠띠에게 가장 중요한 자기위로였다. 세상 사람들이 보고 있는 커다란 거울의 뒷면을 보듯이, 비유가 위로해 주지 않았다면 띠띠는 조심조심 피융을 사랑하는 일을 지금껏 계속하지 못했을 것이다.

"아무튼, 그날 네가 안아 줘서 편안했다고. 이제 됐니?"

이번에는 바바가 코웃음을 쳤다.

"네가 고양이 같긴 해. 앙살스러운 것이, 빼빼 말라가지고 손톱은 또 얼마나 날카롭냐? 성질 부릴 때는 그냥 단칼에, 고기처럼 썰어 버리고 싶다니까."

칼을 내리치는 동작으로 바바가 탁자를 탁탁 두드렸다. 띠띠는 한숨을 섞어 말했다.

"넌 어쩨 써는 것밖에 몰라? 모든 게 고기로 보이니? 국밥 장사 집어치워."

바바가 띠띠에게 얼굴을 들이대고 눈을 깜빡이며 말했다.

"네가 빵타령 안 하면 나도 국밥장사 때려치우는 거 생각해볼게. 마트 빵가게서 일하는 거 힘들지 않니?"

"힘들다기 보다 바쁘지. 빵 굽는 일이 내 전공인데 치다꺼리만 해야 하는 게 늘 좋지만도 않고. 시식 진행해야 되지, 상황 봐서 깜짝 세일도 해야 하잖아. 빵은 말야, 날씨에 따라 많이 팔리기도 하고 덜 팔리기도 하는데 주인은 그걸 몰라. 웃기는 건 매출이 신통찮으면 주인은 그게 내 탓이라고 생각한다는 거야."

"동방 씨 말이 맞나 보구나. 비 오거나 흐린 날은 장사가 잘 안 된대. 길바닥 장사는 날씨가 좋을수록 잘 팔린다는 거지."

바바의 남편은 떠돌이 가수였다. 요란한 의상과 앰프를 트럭에 싣고 전국 곳곳을 돌아다니며 즉석 공연을 하고, 공연이 끝나면 이런저런 물건을 팔았다. 바바의 돼지국밥 장사가 꽤 잘 되는데도 체질에 맞지 않는다고 아직 뜨내기장사를 하고 있었다. 바바는 그런 남편의 인생을 한마디로 요약하곤 했다. 바닥에서 깽깽거리다 죽을 팔자지. 가수가 되고 싶어 안달이 나 있던 바바를 꼬였을 때 그의 나이는 이미 마흔 살이었다. 바바는 남편에게 속은 뒤 가수가 되는 꿈을 포기해 버렸다. 초반부터 재수없이 꼬이는 거 보면 제 길이 아닌 것 같다면서 말이다.

"비가 오거나 흐린 날은 확실히 빵 사러 오는 사람들이 많아. 다들 배가 고픈가 봐. 배가 고프면 외롭잖아. 난 그들에게 빵을 주는 게 즐겁다고."

바바가 볼을 실룩거리면서 볼멘소리를 냈다.

"그러니까 몇 번이나 말아먹지. 기분에 따라 날씨에 따라 이 랬다저랬다 퍼 주는 게 어디 장사냐?"

띠띠는 맥없이 동의했다.

"네 말이 맞아. 난 장사 체질이 아닌지도 몰라. 저 길모퉁이마다 들어선 프랜차이즈 빵가게를 봐. 저것들이 득세하면서 내 빵은 싸구려가 되고 말았어. 내 빵이 얼마나 맛있든 좋은 냄새가 나든 상관없는 일이었다고."

실패를 인정하는 일은 씁쓸했다. 정말 성공하고 싶었는데 맘대로 되지 않았다. 단골을 확보하고 기술을 숙성시키기까지 적자를 메꿔 갈 자금이 필요하다는 걸 두 번 말아먹은 뒤에야 깨달았다. 깨달았을 때는 이미 한 푼 없는 알거지였다. 하지만 띠띠는 언젠가는 꼭 다시 빵가게를 열 거라는 희망을 아직 버리지 않고 있었다.

띠띠는 빵을 굽겠다고 결심한 그날을 생각했다. 열여섯 겨울이었다. 띠띠와 바바와 피융은 영화를 보러 갔다. 관람권을 사는 데 주머니를 다 털어 버렸다. 배가 고프다는 말은 아무도 안 했다. 빵집 앞을 지나가는데 피융이 괴로운 표정을 지었다. 영화 안 보고 빵 먹을 걸. 빵 굽는 남자에게 시집가야겠어. 빵 냄새를 계속 맡을 수 있다면 인생을 걸겠다고. 띠띠는 그때 자기가 해야 하고, 하고 싶은 일이 무엇인지 알았다. 고등학교를 졸업하고 조그만 가게의 경리사원으로 일하면서 제빵학원에 다녔다. 실습용으로 만든 빵을 피융과 바바에게 갖다 주었다. 둘은 맛있다고, 네가 만든 빵은 정말 맛있다고 칭찬해 주었다. 피융은 매일 옷을 갈아입어야 하는 사무실에서 일했다. 월급의 상당 부분이 피복비로 나간다고 울상을 짓던 피융은 띠띠의 빵으로 아침과 저녁을 에웠다. 경리사원을 그만두고 빵 가게에서 일한 지 오 년만에 띠띠는 빵가게를 냈다. 매일 처음 구운 빵을 피융에게 갖다 줄 수 있어서 너무 기뻤다. 피융은 사무실에 드나드는 남자와 교제하기 시작했다. 그리고 띠띠가 구운 빵을 먹지 않았다. 빵 냄새만 맡아도 구역질이 난다고 했다. 빵 같은 거 이제 안 먹을 거야. 살 빼야 돼.

"난 괜찮아. 아직도 빵이 좋고, 빵냄새가 좋으니까. 그런데, 피융 대신에 네가 먹어치운 빵이 얼마나 될까?"

바바가 웃음을 터뜨렸다. 그리고 우람한 두 팔을 들어 둥그렇게 만들어 보인 다음 말했다.

"덕분에 나와 동생들 배고프지 않았지. 모두 빵빵이가 되어버렸지만 배고픈 거보단 나았어."

전적으로 바바의 월급에 매달려서 공부하고 생활한 바바의 동생들도 모두 덩치가 컸다. 피용이 계속 띠띠의 빵을 좋아했다면 바바처럼 되어 있을까? 그럼 바바는 옛날처럼 날씬할까? 둘이 바뀐 모습은 쉽게 상상되지 않았다. 아무려나 피용이 빵을 좋아해서 살이 쪄 버렸다거나, 빵 굽는 기술을 배워 함께 빵가게를 했더라면 지금 상황은 아주 달라졌을 것이다. 바바 조것, 살 찌기 전엔 꽤나 예뻤는데 말야.

그렇게 빵을 많이 먹고도 날씬했던 바바를 떠올리면서 띠띠는 두 여자를 바라보았다. 스카프가 말을 건네면 워커가 고개를 끄떡였고, 워커의 손가락이 움직이면 스카프의 눈길이 그것을 따라갔다. 싱싱하고 풍성한 머리카락과 생기가 도는 입술, 쪽 곧은 다리와 부드러운 살결이 풍기던 고소하고 달작지근한 냄새….

피용은 빵을 좋아하지 않게 되었지만 피용에게서는 늘 빵냄새가 났다. 피용의 냄새를 맡고 있을 때 띠띠는 빵을 구울 때처럼 기분이 좋았다. 띠띠는 그것이 이상했지만, 곧 이해하게 되었다. 바바와 피용의 강요에 따라 몇 번 남자를 만나기도 했지만, 남자에게서 나는 야릇하고 강렬한 냄새는 도저히 견딜 수 없었다. 띠띠는 바바와 피융의 지극한 걱정에도 불구하고 뱃속에 품었던 남자의 아이를 지웠다. 그리고 일반적이지 않은 자신의 취향을 거부할 것이 아니라 조심스럽게 수긍하기로 했다.

"애도 하나 못 낳았으면서, 그 지경이 되다니. 적출수술이라나 그거 얼른 해야 된다지? 더 나빠지기 전에, 빠를수록 좋다니까 꼭 해야 돼. 같이 가 줄게."

바바가 감정적으로 쿨쩍 콧물을 들이마셨다. 띠띠는 심드렁 바바를 바라보았다. 희미한 장미 향기가 바바에게서 건너왔다. 고기 냄새 좀 지우고 오라는 띠띠의 요청에 따라 바바는 띠띠가 선물한 장미향이 나는 향수를 뿌렸을 것이다. 퇴원수속을 해 주고, 그동안 갖다 나른 자질구레한 물품들을 챙긴 뒤 여기함께 오기까지 세 시간은 족히 함께 있었는데도 이제야 바바의 장미 향기를 알아차리다니. 자신의 무심함에 놀라면서 띠띠는 장미 향기를 조금 더 맡으려고 코를 벌름거렸다. 바바에게서 건너온 장미 향기 대신에 제 몸 어딘가에서 비린내가 났다. 닷새 동안이나 병원에 있었으니 크레졸 냄새일지도 몰랐지만 띠띠는 왠지 그것이 말끔하고 매끄러운 머리를 가진 물고기 냄새처럼 여겨졌다. 피융에 대한 마음이 심상치 않다는 것을 알아차린 뒤부터, 분명 땅에 서 있는데도 마치 물속에 있는 것처럼 느껴졌을 때의 그 알 수 없는 냄새.

"화장실 다녀올게."

화장실은 카페의 왼쪽 끝에 있었다. 별로 마렵지 않은 소변

을 보고 일어나서 변기를 들여다보았다. 핏방울이 하얀 변기에
떨어져 선명했다. 엉망이네요. 물혹이 개구리 알처럼 오글거리
고 내막은 울퉁불퉁해요. 초음파 진단기의 모니터 화면을 가리
키며 의사는 혀를 내둘렀다. 사선이 죽죽 그어진 화면은 흑백이
었다. 무엇이 혹이고 어느 부분이 벽인지, 전체 형상은 어떤 것
인지 알 수 없었다. 오랫동안 전문적으로 관찰해 온 의사의 자
부심에 찬 지적에 따라 그것이 미세하게 움직인다는 것을 알아
차렸을 뿐. 띠띠는 눈을 감아 버렸다. 딱 한 번 중절수술을 받은
이래 계속 방치된 기관이었다. 커졌는지 작아졌는지, 병이 있는
지 어떤지 알고 싶지 않았다. 자신에게 그런 기관이 있다는 사
실조차 잊어버리고 싶었다.

　배수코크를 앞쪽으로 당겼다. 핏방울이 물과 함께 변기 구멍
을 따라 흘러가 버렸다. 피융이라는 이름이 뚫어 놓은 구멍에서
커다랗게 물 흐르는 소리가 났다. 괜찮아. 난 괜찮다고. 세면대
에서 손을 씻고 띠띠는 바지를 내렸다. 허벅지에 퍼퓸 스프레이
를 두 번 분사한 다음 바지를 올렸다. 피융에게 울적한 모습을
보이고 싶지 않았다.

　자리로 돌아왔을 때, 테라스의 두 여자는 보이지 않았다. 바
바는 폰 게임에 몰두해 있었다.

　"저 사람들 언제 갔어?"

　고개를 들지도 않고 바바가 말했다.

　"누구?"

"저기, 테라스에 두 여자 있었잖아."

"거긴 아무도 없었어. 왜 그러니, 또!"

띠띠는 시름없이 손바닥으로 가슴을 쓸었다. 피융이라는 이름이 뚫어 놓은 구멍을 틀어막듯 제 가슴을 가만히 눌렀다. 횡단보도에는 여전히 사람들이 오가고 있었다. 알 수 없는 스카프들이 이쪽에 기다리고 있었고, 알 수 없는 워커들이 저쪽에서 건너오고 있었다. 저 횡단보도에 피융을 맞으러 나가 보는 것이 좋지 않을까 생각하고 있을 때, 고요한 날 오후 두 시의 깃발처럼 피융이 나타났다.

피융은 철 이르게 후드가 달린 패딩 점퍼를 입고, 무거워 보이는 시장바구니를 들고 있었다. 계절과 살짝 어긋나는·피융의 옷차림이 새삼스럽지는 않았다. 띠띠가 일하는 대형 마트는 늘 일정한 온도를 유지하고 있었지만 시장 골목 피융의 가게는 너무 춥거나 너무 더울 때가 많았기 때문이다. 셔터 외에 가게문은 아예 없어서 한겨울이면 피융은 꽁꽁 언 몸을 전기방석 하나로 녹인다 했다. 보다 못한 띠띠가 난로를 사다 주었지만 전기요금이 많이 나온다며 쓰지 않았다. 이제 곧 겨울이 올 것이라 생각하니 띠띠는 피융이 걱정됐다.

들고 온 시장바구니를 의자에 내려놓고 피융이 다가앉았다. 띠띠는 피융의 손을 잡았다. 무심히 맞잡아 주는 그 손은 거칠고 딱딱했다. 피융의 손이 심장을 꽉 움켜쥐는 것만 같아서 띠띠는 숨이 막혔다. 가만히 피융을 바라보았다. 오른쪽 뺨 가장

자리에 일본 지도 모양의 기미가 앉아 있었고, 긴장이 풀려 버린 눈의 초점은 띠띠에게가 아니라 먼 어느 곳에 맞춰져 있었다. 피융이 보고 있는 곳은 어디쯤일까. 지나온 시간 어디쯤? 앞으로 가야 할 시간 어디쯤? 띠띠는 피융이 그 앞과 뒤의 어느 시점도 아닌 바로 지금 여기를 보고 있다고 생각했다. 곧 흘러가 버린 이곳, 이 지점을 피융은 담담하게 지나가고 있는 것이라고.

"고생했네. 이제 괜찮아?"

피융이 들고 온 시장바구니에서 비닐봉지를 꺼내며 물었다.

"김치 좀 가져왔어."

띠띠는 피융이 꺼내 놓는 비닐봉지를 얼른 시장바구니에 집어넣었다.

"이런 데서 김치를 꺼내면 어떻게? 매너 없이."

피융이 투덜거렸다.

"매너 좋아하네. 먹고 살기에도 바쁜데 호사스럽게 대낮에 카페는 또 뭐고. 퇴원했으면 곧장 집에 가서 쉴 것이지."

띠띠는 피융에게 눈을 흘겼다.

"여긴 내가 쉬는 곳이야. 일주일에 딱 한 번. 이만한 것도 호사야?"

들은 체도 않고 피융이 말했다.

"어리광 부리지 마. 김치도 가져왔고, 집에도 데려다줄게. 조금은 같이 있어 줄 수도 있다고. 하지만 오래는 안 돼. 콩자반도 만들어야 되고 추어탕도 끓여야 돼. 시장 시간 맞춰서 다 해치워야 하거든. 그러니 어서 일어나."

피융은 커피를 마시지도 않고 서둘렀다. 바바가 먼저 일어나서 탁자와 의자 사이에 몸을 밀어 넣었다. 탁자를 조금 밀고서야 겨우 몸을 뺀 바바는 띠띠의 짐을 챙겨 들고 힘차게 출입문을 열었다.

횡단보도 앞에 셋이 섰을 때 띠띠는 아련한 눈길로 건너편을 바라보았다. 길을 건너려고 서 있는 여러 사람 중에 꽉 끼는 바지에 워커를 신은 피융이 서 있었다. 긴 머리를 한 갈래로 질끈 묶고 몸에 잘 맞는 재킷을 입은 피융은 허리와 다리가 길었다. 서른두셋쯤의 피융이 활짝 웃으며 손을 흔들었다. 팔을 벌리고 피융을 꽉 껴안으면 세상을 다 가진 것 같을 것이다. 띠띠는 자기도 모르게 두 팔을 벌렸다. 건너편에서 걸어오는 피융을 막 껴안으려는데 바바가 소리를 질렀다.

"뭐하는 거야? 어서 건너지 않고."

팔을 내리고 눈을 깜빡거리면서 띠띠는 걸음을 떼었다. 시장바구니를 든 피융이 두 걸음 앞서 횡단보도를 건너고 있었다. 도도록 살이 오른 엉덩이와 허벅지를 헐렁한 바지에 담은 피융의 걸음은 빠르고 힘이 있었다. 짧게 올려서 퍼머를 한 머리에 굽이 낮은 단화를 신고 철 이른 패딩을 입은 피융을 띠띠는 열심히 따라 걸었다.

횡단보도를 건넌 뒤 피융은 시장바구니에서 김치가 든 비닐

봉지 하나를 꺼내 바바에게 주었다. 쿵쿵 냄새를 맡으며 바바
가 말했다.

"수육이랑 먹으면 정말 맛있겠다. 참, 늬들 이따가 국밥 먹으
러 와."

띠띠와 피융은 거의 동시에 머리를 저었다.

"돼지국밥이 좀 그러면 오리불고기는 어때? 왕창 피를 쏟았
으니 고기 좀 먹어 줘야지."

띠띠는 또 머리를 저었다. 피융도 질세라 머리를 저었다. 대책
없다는 표정을 짓고서 바바는 띠띠의 짐을 피융에게 주었다.

"내일 봐서 들를게."

바바가 돌아섰다. 커다란 바바가 김치를 들고 걸어가는 모습
이 꼭 나무가 움직이는 것 같았다. 띠띠는 바바의 뒷모습을 쳐
다보았다.

"그만 가. 또 뭘 생각하는 거냐?"

바바가 맡긴 짐과 시장바구니를 양쪽에 든 피융이 불퉁스레
쏘아붙쳤다.

"우리들 말이야, 꼭 나무들 같지 않니? 바바는 쑥쑥 잘 자라
는 나무, 피융은 옹골차게 자라는 나무, 나는 꼬들꼬들 마른 나
무."

띠띠의 비유를 싹 무시하고서 피융이 말했다.

"내 가게 옆이 곧 빈대. 빵가게 하면 괜찮을 자린데 해 볼래?"

"돈 없어. 알면서."

피융의 부식가게는 조그만 가게들이 오밀조밀 들어찬 재래시장의 한가운데 있었다. 시장이라기보다는 가게들이 양쪽으로 죽 늘어선 골목이라고 하는 게 옳을 것이다. 차 한 대가 지나갈 폭은 족히 됨 직한 길이지만 이쪽과 저쪽의 가게에서 내놓은 물건들이 삼분의 일을 점령했고, 가운데는 노점이 차지해 있었다. 두 사람이 지나가려고 해도 몸을 부딪쳐야 하는 그곳은 마치 물건과 물건 사이에 난 틈새 같았다. 사람들은 틈새를 빠져나가기 위해 제 몸을 도사리기보다는 힘껏 들이미는 쪽을 택하고 있었다. 띠띠는 그 틈새가 무서웠다. 좁은 시장 골목에서 양손 가득 물건을 든 사람들은 그들이 이제까지 살아온 이력이 뼈와 살을 이룬 듯 단단하고 완강했다. 완강하고 단단한 몸들은 띠띠를 밀치고 쑥쑥 틈새를 빠져나갔다. 한 사람이 빠져나가면 또 다른 사람이, 또 또 다른 사람이 계속해서 밀고 들어왔다. 어쩔 줄 몰라 하고 있는 띠띠에게 그들은 짜증나는 표정을 지었다. 심지어 어떤 사람은 빨리 좀 걸으라고 냅다 소리치기도 했다. 피융을 만나러 갔다가 마주친 사람들이 가지고 있는, 그리고 가지기를 원하는 그 단호하고 확고한 신념 같은 태도는, 피융에 대한 마음을 알아차린 열여섯 그때부터 띠띠를 가장 힘들게 하는 그런 종류의 것들이었다. 그런데 거기서 빵가게를 하라니.

"돈이야 만들면 되지. 바바와 내가 어떻게 해 볼 수 있을 거야. 문제는 네 의지잖아. 구질구질한 시장 골목에서 빵을 굽느니 큰 빵가게 종업원이 낫다고 생각하는 너 말야."

띠띠는 대답하지 않았다. 피융의 옆집에서 빵가게를 하면 날마다 피융을 볼 수 있을 것이다. 하지만 그것은 띠띠가 바라는 일이 아니었다. 한때는 간절하게 원했던 일이었지만 사정이 달라졌다. 채소를 다듬고 반찬을 만드느라 종종대는 피융, 비닐봉지를 손님 손에 들려주고 돈을 받아 커다란 앞치마 주머니에 넣는 피융, 시장 사람들과 큰소리로 수다를 떠는 피융, 가게에 딸린 좁고 너절한 방에 피로에 지친 몸을 뉘고 잠든 피융의 모습 같은 걸 솔직히 매일 봐 줄 자신이 없었다. 열여섯 그때부터 지금까지 줄곧 간직해 온 환상을 깨고 싶지 않았던 것이다. 모든 것이 어긋나 버린 상태이기는 해도 일반적이고 상식적인 차원에서 벗어나 새로운 비유를 찾아 헤매는 유일한 취미를 포기하고 싶지 않은 것처럼 말이다.

알 수 없는 게 참 많아. 띠띠는 두어 걸음 앞서 가는 피융의 뒷모습을 쳐다보면서 중얼거렸다. 용희, 선경, 영미 대신에 피융, 바바, 띠띠라는 이름으로 우정을 다짐하던 열여섯 그때만 해도 인생이 이렇게 꼬일 줄 몰랐다. 각각 한마디씩 별명에 대한 덕담을 해 주기로 했을 때 피융이 그랬던 것처럼 띠띠! 경적을 울리면 가로막고 있던 장애물들이 싹 비켜 줄 줄 알았다. 남자를 알기 전 한때는 여자친구에게 쏠리기도 하는 법이니까 걱정할 거 없다던 피융의 설득에 따라 스물다섯이나 서른다섯쯤에는 어떤 남자의 아내가 되려고 결심한 적도 있었다. 그러나 피융에게로 집중되는 마음과 몸을 스스로 어쩔 수 없었다. 너 참 성가셔. 어느 날 피융은 그렇게 소리쳤다. 난 너랑 달라. 그러니 다른 상대를 찾아보라고. 자신을 거절하는 피융이 원망스럽지 않았다. 오히려 성가신 것, 귀찮은 것, 어리석은 것이 되지 않기로 다짐하고 또 다짐했다. 피융이 결혼을 하고 아이를 낳았을 때도 서운한 마음을 갖지 않으려 노력했다. 자신의 감정이나 행동이 착각에 지나지 않는다거나, 아이에서 여자로 성숙해가는 과정에서 잘못 입력된 코드의 문제라는 비난에 전적으로 동의한 건 아니었지만, 자신이 현실적으로 할 수 있는 일이 별로 없다는 것을 알았기 때문에. 난 늘 끼어 있었어. 하지만 억울하지는 않았어. 네가 화살처럼 혹은 총알처럼 내게서 빠져나가지만 않는다면. 앞서 가는 피융이 자기 몸을 통과해 버린 것만 같아서 띠띠는 얼른 피융을 앞질렀다. 더 이상 가까이 가지 않을게. 딱 요만큼, 널 볼 수 있는 요만큼에 항상 있을 게.

띠띠가 사는 원룸에는 엘리베이터가 없었다. 그 몸으로 오 층까지 어떻게 올라가느냐고 투덜거리면서 피융이 등을 내밀었다. 띠띠는 냉큼 피융에게 업혔다. 피융이 약간 휘청거렸지만 모른 척 했다. 목을 꼭 끌어안고 가슴을 등에 밀착시켰다.

"왜 이렇게 가벼워? 도대체 피를 얼마나 쏟은 거야?"

가볍다던 피융은 이 층에서 띠띠를 내려놓았다.

"왜 이렇게 무거워? 오 층까지 업어 주려다가는 내가 기어다니게 될 것 같아."

피융이 윗몸을 뒤로 꺾으며 허리를 만졌다. 띠띠는 이랬다저 랬다 하는 피융의 허리가 걱정됐다. 그러나 내색하지 않고 시무 룩한 표정을 지었다. 사실 계단을 오르는 데는 아무 문제가 없 었다. 입원한 지 사흘 만에 출혈은 멎었고, 이틀 동안 체력도 어 느 정도 회복된 상태였다. 난소 쪽 기흉이야 그렇다 쳐도 거의 벽이 허물어진 자궁을 그냥 두면 얼마 지나지 않아 또 출혈이 있을 거라는 의사의 말이 있었지만, 적출수술을 받을 생각도 없 었다.

"치료는 잘 받은 거지?"

오 층에 도착해 숨을 몰아쉬면서 피융이 말했다.

"아무, 아무 문제 없대. 갱년기 지나 폐경기래잖니. 너도 마찬 가지 아냐? 남자한테 없는 기관이 있어서 조금 곤란한 사태가 발생하긴 하지만 곧 지나간대. 넌 괜찮아?"

피융이 시큰둥 대답했다.

"썩 좋진 않아. 그러려니 하고 견디는 거지 뭐. 남자 생각이 나기도 하고, 어떤 때는 널 찾아갈까 싶기도 하지. 하지만 당장 의 욕구보다 심각한 문제들이 많기 때문에 그냥 참고 사는 거 야."

"우리 이참에 적출수술 같이 받을까? 가지고 있어 봤자 속만 썩일 거잖아."

띠띠는 시치미를 떼고 말했다. 피융이 거세게 받아쳤다.

"모르는 소리 하지 마. 아무리 그래도 너하고 나, 여자야. 여자에겐 자궁이 필요해. 그게 없다면 이렇게 열심히 살아지지 않는다고."

겨우 막아 놓은 구멍으로 바람이 흘러드는 것 같아 띠띠는 얼른 원룸의 문을 열었다. 신발을 벗고 어두컴컴한 실내를 밝히기 위해 불을 켰다. 피융에게 놀라지 말라고 미리 말해 둘 걸 그랬다. 닷새 동안 갇혀 있던 냄새가 코를 찔렀다. 난장판이 된 집기와 핏자국이 선명한 침대 시트며 속옷들이 여기저기 널려 있었다. 띠띠는 깔끔한 성미였다. 유난스런 깔끔함이 피곤하다고 투덜거리던 피융이 그날의 사태를 짐작하고는 크게 한숨을 내쉬었지만 띠띠는 엉망이 된 침대에 태평스레 드러누웠다.

피융은 부지런히 움직였다. 김치를 냉장고에 넣고 쌀을 씻어 밥을 안쳤다. 띠띠를 일인용 소파로 옮기고 침대 시트를 벗겼다. 속옷과 시트에 묻은 핏자국에 부분세척제를 칠해 세탁기에 넣고, 좁은 실내를 가득 채운 물건들을 제자리에 갖다 놓는 피융의 동작은 민첩했다. 띠띠는 턱을 괴고 피융이 왔다 갔다 하는 모습을 지켜보았다. 뽀얗고 갸름하던 피융의 얼굴을 떠올려 보았고, 쿵쿵 소리를 내며 빵 냄새를 맡던 모습을 기억해 냈다. 우울하게 체화되지 않도록 노력한 덕분에 기억들은 대부분 밝은 빛을 띠고 있었다. 누군가에게 의지하기 시작하면 끝이야. 띠띠는 일어나서 개수대 앞에 서 있는 피융에게 다가갔다. 피융의 허리를 껴안고 얼굴을 등에 착 갖다 댔다.

"잠시만 이렇게 있어 줘."

띠띠는 명랑하게 말하고서 시장 골목의 갖가지 냄새가 밴 피융의 체취를 맡았다. 피융은 가볍게 한숨을 내쉬었을 뿐 띠띠를 내버려두었다.

"네가 정말 행복하기를 바랐어."

띠띠는 조그맣게 말했다. 피융이 선택한 남자는 정말 괜찮았다. 가계도, 살림살이도, 성품도, 직업도 겨우겨우 고등학교를 졸업한 피융이 차지하기에는 꽤 넘친다 싶을 만큼. 띠띠와 바바는 피융의 성공을 진심으로 축하했다. 피융의 성공은 마흔이 되기 전에 끝장이 났다. 그렇게 괜찮은 남자가 반신불수 삼 년에 전신마비 삼 년, 요양병원 신세 삼 년이었다. 마이크 대신에 커다란 식칼을 잡고 국밥에 넣을 돼지고기를 썰게 된 바바의 꿈이 그랬듯, 무엇인가가 피융의 꿈을 절단 내 버릴 줄 누가 알 수 있었겠는가. 남편이 죽은 뒤 피융은 훨씬 더 매몰차게 굴었다. 혹시라도 띠띠가 딴마음을 먹을까 그러는 것 같았다. 띠띠는 피융이 걱정하지 않도록 행동했다. 피융을 충분히 존중하지 않으면 피융을 잃어버릴 테니까.

"네게서 시큼한 시장 골목 냄새가 나."

띠띠는 피융의 등에 얼굴을 댄 채로 중얼거렸다. 설거지 물 몇 방울이 얼굴에 떨어졌다. 피융이 허리를 감고 있는 띠띠의 손을 잡았다. 허리에서 띠띠의 손을 떼어낸 피융은 몸을 돌려 띠띠를 껴안았다. 그리고 조용히 말했다.

"남방인지 하는 그 남자 소식 아니?"

띠띠는 놀라서 눈을 크게 떴다.

"아니, 왜?"

피용이 말했다. 남방은 띠띠에게 아이를 심었던 남자였다. 기특하고 성실했던 피용의 남편을 서방이라 예쁘게 부르기로 하면서 동서남북 노래를 부르러 돌아다니는 바바의 남자는 동방, 띠띠의 남자는 남방이라 불렀었다. 고시공부를 하던 가난한 처지라 사철 남방셔츠가 딱 두 장 뿐이어서 붙여진 별명이기도 했다. "빵가게 할 때였잖아. 형편도 괜찮았을 텐데, 가난한 고시생 뒷바라지해서 시험 딱 붙으면 봉 잡는 건데 왜 그만뒀어?"

띠띠는 시무룩 중얼거렸다.

"남방 그 자식, 좀 애매한 데가 있었어. 근데 넌 남방 그 자식 소식 어디서 들었어?"

피용이 띠띠를 소파에 앉히고 자기는 침대에 걸터앉았다.

"몰랐구나. 하긴 네가 뭐 세상일에 관심이 있기나 하니? 며칠 전 낮에 시장 사람들과 점심을 먹고 있는데 남방 씨 얼굴이 티비에 나오잖니. 판사래나 부장판사래나. 애까지 두고 십수 년 두 집 살림 하다 들통 났대. 공직자 윤리래나 뭐래나 그런 걸로 구설수에 올라서 사직한다더라고."

띠띠는 웃음을 터뜨렸다.

"그 자식, 충분히 소질 있었어, 그때도. 나한테 열중해 있는 척하면서 혹시 더 괜찮은 물건 없나 탐색하고 있었거든."

피용이 정색을 하고 말했다.

"두 집 살림이면 어떻고 세 집 살림이면 어떤데? 부부 사이엔 문제가 없었다, 소중한 가정을 지키고 싶다고 남방 씨가 침울하게 말하는데, 남방 씨 마누라 참 현명하다 싶더라니까. 두 집 살림 남편 봐주면서 그 자리 지키는 게 쉬운 일은 아니겠지만, 인생에는 포기할 수 없는 것들이 있잖아. 너 그때 모른 척 붙잡았으면 지금 사모님 아니겠니? 누가 뭐라든, 구설수에 오르든 말든, 판사거나 부장판사 마누라면 됐지. 안 그래?"

제풀에 억울한 듯, 피융이 침대를 탕 굴렸다.

"누구나 다 그렇게 생각하는 건 아냐."

띠띠는 피융을 똑바로 바라보았다. 짧게 잘라 퍼머를 한 머리의 뿌리에서 흰머리가 촘촘 자라고 있었다. 피융의 오른쪽 뺨에 새겨진 일본지도 모양의 기미를 손끝으로 만졌다. 열여섯 그때 같으면 어림도 없을 말을, 무슨 진리이기라도 한 듯 태연히 내뱉고 있는 피융이 통째로 띠띠의 심장을 가로질러 갔다. 온몸이 다 비어 커다란 구멍이 되었고, 띠띠는 그 구멍으로 빨려들어갔다.

"언제 시간 좀 내. 요거 없애러 가자."

띠띠는 구멍을 빠져나가는 바람소리처럼, 메마른 목소리로 말했다. 피융이 또 침대를 탕 굴렸다.

"일 없어. 기미나 얼룩이나. 아들 녀석 내년에 장가가겠다는데 이 정도는 늙어 줘야지."

"그럼 서둘러야겠네. 시술받고 좀 지나야 말끔해진다더라고."

피융이 그랬던 것처럼 띠띠는 소파를 탕 구르고 일어났다. 욕실로 가서 헤나 염색약과 고무장갑, 헤어 캡과 염색보와 비닐 귀마개를 챙겼다. 머리가 하얀 피융은 정말 못 봐 주겠어. 그릇에 헤나 가루를 담고 적당량의 물을 넣었다. 염색을 촉진시키고 머리카락에 윤기를 더해 준다는 앰플 한 방울을 떨어뜨려 주걱으로 잘 개었다. 준비된 염색약과 시술도구를 동원해서 나타난 띠띠를 보고 피융이 소리쳤다.

"나 지금 가야 해. 바쁘다고!"

들은 체도 않고 피융의 어깨를 눌렀다. 염색보를 어깨에 씌우고 꼬리빗을 잡았다. 짧고 가늘고 힘이 없는 피융의 머리카락을 쥐고 띠띠는 천천히 염색약을 바르기 시작했다. 피융은 투덜거렸고, 조바심을 냈지만 곧 조용해졌다. 염색약을 다 바르고 비닐 캡을 씌워 주자 피융은 침대에 그대로 벌렁 드러누웠다.

"에라 모르겠다. 한숨 자자."

될 대로 되라는 듯 피융이 눈을 감았다. 띠띠는 피융을 지그시 내려다보았다. 초라하고 고되게 나이를 먹은 피융이 눈앞에 있었다. 띠띠는 피융의 곁에 누웠다. 피융에게서 시큼한 시장 냄새와 헤나 냄새가 함께 풍겼다. 띠띠는 피융의 가슴에 머리를 기댔다. 띠띠가 조금씩, 아주 조금씩 훔쳐와 버려서 피융은 그 자체로 별로 남은 게 없었다.

하하네이션

사건이 일어나던 날 아침, 유는 아홉 시에 일어났다. 사건이 일어날 줄 몰랐기 때문에 일어나자마자 머리맡을 더듬어 폰을 집었고, 시간을 확인하자 곧 안심했다.

아홉 시는 유가 늘 일어나는 시각이었다. 세 가지 알바로 빼곡 채워진 하루를 시작하기에 아홉 시는 적당한 시간이었다. 너무 일찍 일어나면 잠이 모자라고 컨디션이 나빴다. 컨디션이 나쁘면 부정적인 생각에 휘말릴 수 있었다.

유는 알람의 도움을 받지 않고도 너끈히 아홉 시에 잠을 깬 자신에게 중얼거렸다. 삼 년만 이런 식으로 살아간다면 지긋지긋한 월세를 면할 수 있을 거고, 월세를 면하게 되면 저축이 늘 테고, 저축이 늘면 마음이 느긋해질 테고, 마음이 느긋해지면 소설도 훨씬 잘 써질 거야. 그러면 조금 더 빨리 작가가 될 테고!

작가라는 단어가 떠오른 순간 조금씩 빨리 뛰기 시작하는 심장에 오른손을 댔다. 그래, 늘 이렇게 뛰어 줘. 깊은 호흡과 함께 젖혀진 커튼 틈으로 하늘을 쳐다보았다. 하늘이 맑으니, 바람은 청량하겠지. 시월이잖아.

담배에 불을 붙여 물었다. 담배는 가장 오래되고 친숙하고 믿을 만한 친구였다. 담배가 없었다면 누구와 더불어 지금까지 살 수 있었겠어? 깊이 담배를 들이마시고 연기를 내뱉으며 유는 천천히 냉장고를 향해 걸어갔다.

공유면적이 25퍼센트를 먹어 버린 49.58제곱미터 오피스텔은 팔을 뻗고 다리를 벌리기만 해도 가재도구 모두를 사용할 수 있을 만큼 좁았다. 일인용 침대와 다용도 탁자, 냉장고와 세탁기와 붙박이장이 에너지와 동작을 낭비하지 않을 수 있게 하는 구조는 모든 것이 최소한이었다.

최소한은 유가 이제까지 가진 모든 것에 적용되고 있었기 때문에, 유는 새로 거주하게 된 유리오피스텔이 무척 마음에 들었다. 공유면적까지 세를 물어야 한다는 것이 좀 억울하긴 했지만 복도와 출입구, 엘리베이터와 창문은 잘 청소되어 있었고, 분리수거가 잘 된 쓰레기통들은 깨끗이 관리되고 있었으며, 사통팔달로 교통이 좋았다. 세 가지 알바를 진행하면서 동시에 습작 활동을 하기에는 정말 맞춤한 곳이지 뭐야.

냉장고를 열고(냉장고를 열고) 우유팩을 꺼낸 다음(우유를 꺼내

고), 유는 탁자에 앉았다(이제 앉았다). 동작을 언어로 반복할 때
의 색다른 기분을 즐기면서 기지개를 켰다. 대부분의 사람들이
무심코 해치우는 동작이지만, 유는 언어로 동작을 확인하는 것
으로 자신을 인식하는 버릇이 있었다. 몸이 살아 있음을 느낀
다는 건 특별한 거야. 내가 나를 보살피지 않으면 누가 날 보살
피겠어?

생물체라고는 자신밖에 없는 실내를 돌아보며 유는 조용히
중얼거렸다. 지금 현재 유에게는 동작이나 행동을 통제할 어떤
관계자도 없었다. 우유는 하루 두 번 꼭 마셔. 중요한 영양소가
듬뿍 들었으니 만큼, 싱글에겐 더없이 좋은 음료지. 그렇게 오
래 컴퓨터를 들여다보면서 왜 눈을 깜빡여 주지 않는 거니? 안
구건조증 때문에 자주 고생하면서. 운동화 구겨 신지 마. 빨리
망가져. 기타 등등의 유에게 직접적으로 관계되는 말들을 늘어
놓는 아무도 없었다.

아주 어릴 때는 진심 어린 잔소리를 해 준 관계자가 혹 있었
는지 모르지만, 어릴 때의 일은 대부분 기억나지 않았다. 유는
기억나지 않는 일은 구태여 그리워하지 않았다. 기억하고 싶지
않은 나이와 기억하고 싶지 않은 시설이란 곳을 떠나서 새로운
사람들과 새로운 관계를 맺고, 길거나 짧게, 혹은 가볍거나 무
겁게 그 관계를 계속하는 것이 속 편했다.

그래서 지금 현재 자신과 관계를 맺고 있는 사람들에 대해서
깊은 신뢰를 느끼지 못하는 것 같았지만, 특별히 불편한 점은

없었다. 장차 작가가 될 작정이었으므로 유는 사물과 사람과 시간 같은 것들, 이를테면 자신을 살게 하는 구조와 장치들에 대해 되도록 긍정적이고 친밀한 태도를 가지려고 노력하고 있었다.

폐지가 가득 담긴 수레를 끌고 한 노인이 힘겹게 걸어가는 장면이라든지, 모텔에서 금방 나온 듯 서로의 허리를 끼고서 누가 봐 주기를 기대하는 연인들의 눈빛이라든지, 성나지 않는 순간이 하나도 없어서 난감하다는 듯 눈을 부라린 채 담배를 사러 오는 사람들의 거친 태도 같은 것들로부터 자신이 경험하지 못한 어떤 느낌을 찾아내는 일, 그 일을 잘해야만 장차 작가가 될 수 있다고, 유명 작가의 무료 강연에서 들었기 때문이다.

사물과 사람과 시간의 갈피 속에서 독특한 느낌을 찾아낸다는 게 쉽지 않지만, 그만한 노력을 기울이지 않고 어떻게 작가가 될 수 있겠어? 유는 중얼거리면서 역시나 습관으로 굳어 버린 휘파람을 입안에 슬쩍 가뒀다. 휘파람은 풀어 놓을 때보다 가뒀을 때 훨씬 발랄한 느낌을 주었다. 우유팩을 열었다. 500밀리리터 우유는 절반쯤 남아 있었다.

다 타 버린 담배를 재떨이에 비벼 끄면서 유는 지난달에 보낸 공모전 원고가 어떻게 됐을까에 대해, 오늘은 무슨 옷을 입을까에 대해 잠시 생각했다. 가을이 점점 확실하게 존재감을 드러내고 있어. 도톰한 옷이 좋겠어.

유는 우유를 단숨에 마셨다. 최종심까지만 오른다면 희망이 있댔어. 기왕 작가가 되기로 작정했으니 조금 늦으면 어때. 결과가 발표된 뒤 밀어닥칠 실망과 좌절도 최소화해야만 해. 난 최소한의 존재니까. 유는 자주 그렇게 자신을 위로했다. 유가 응모한 소설은 세 번째 최종심을 통과했다. 그중 한 번은 당선작으로 손색이 없지만 심사위원들의 의견이 일치하지 않아 아쉽다는 평도 들었다. 작가가 되는 게 어디 쉬운 일이겠어?

욕실로 가서 칫솔에 치약을 묻혀 물고 실내의 대부분을 차지하고 있는 옷이 담긴 상자를 뒤적거렸다. 한참을 뒤적거린 뒤에 옷장에서 옅은 분홍색의 기장이 긴 점퍼와, 그보다 조금 진한 톤의 바지를 골라 침대에 던졌다. 셔츠로는 검은색을 택했다. 흰색의 고양이가 그려진 검은색 반팔셔츠는 허벅지를 푹 덮어 주는 길이여서 점퍼 밖으로 반 뼘 정도 삐져나올 것이다.

분홍색과 검정색이 만들어 내는 포근한 색조를 유는 좋아했다. 누군가는 로맨틱하다고도 했고, 누군가는 여성 취향이라고도 했지만, 언젠가 작가가 된다면 멋지게 보여야 할 것이므로 유는 옷차림에 상당히 신경을 쓰는 편이었다. 생활의 많은 부분과 생활비의 많은 부분을 옷차림에 투자하는 것을 당연히 생각했다.

입을 헹구고 가벼운 아우터로 바꿔 입은 유는 운동화를 신고 (운동화를 신고), 캡을 푹 눌러 쓰고(눌러서 쓰고) 산책을 하러 나섰다. 복도를 지나 엘리베이터 앞에 멈췄을 때 트레이닝복 차림인 노인이 건너편 복도에서 걸어왔다. 의기소침하게 어깨가 굽은 것을 빼면 혈색이 좋고 깨끗한 노인이었지만, 유는 슬쩍 한 걸음 물러섰다(형식적 양보).

곧 엘리베이터가 왔고, 노인은 유의 양보에 조금도 고마워하지 않으면서 엘리베이터에 올랐다. 뒤따라 엘리베이터에 오르고 유는 조용히 일 층 단추를 눌렀다. 조금 가쁜 노인의 숨소리가 느껴졌다. 노인의 호흡을 헤아리자니 덩달아 헐떡일 것만 같아서 유는 조용히 두 손을 깍지 꼈다.

엘리베이터는 금방 일 층에 닿았다. 노인이 먼저 내려 출입문 왼쪽에 설치된 관리실을 지나갔다. 유는 노인과 약간 거리를 두고 걸었다. 야간 경비 김 씨가 우두커니 앉아서 TV를 보는 저녁 여덟 시부터 아침 아홉 시까지는 경비실, 관리비를 청구하고 거주자들의 자질구레한 요청사항을 해결하는 박 씨가 출근하면 관리실이라고 유가 구별해서 부르는 곳이었다.

사실 출입문 옆에 설치된 그 작은 부스는 경비실 규모에 불과했다. 유리오피스텔은 오 년 전 건축될 때에는 거주를 겸한 사무실 용도였다지만 이 년 전 관련법이 개정되었을 때 주거용으로 변경, 현재는 각 호마다 하나 혹은 둘 정도의 사람들이 살고 있었다. 2층부터 7층까지 모두 80가구라지만, 가구라기엔 뭣한 싱글족들이 대부분이어서, 관리실 따로 경비실 따로 둘 규모가 아니었다.

그러나 유리오피스텔을 새 거주지로 결정했을 때 유는 어느 정도의 공동생활규약은 염두에 두었다. 다른 거주자들의 불쾌감을 자아낼 수 있을지 몰라서 옥탑방에서 기르던 고양이도 두고 왔으며, 층간 소음을 염려해 되도록 조심조심 걸었고, 가구를 옮기거나 물건을 떨어뜨리는 일 같은 건 일체 하지 않았다.

작건 크건 오피스텔이란 공동주거지에 입주한 만큼 최소한의 규칙은 지켜야 한다는 것을 유는 알고 있었다. 그 새 거주지에서 조용히, 그리고 은밀하게 작가가 된다면 정말 그럴듯할 것 같았다. 옥탑방은 좀 그랬어. 요즘 사람들이 구질구질한 산동네 이야기를 어디 듣고 싶어 하겠어? 오피스텔이라면 그래도 좀 폴리틱하잖아.

이른 아홉 시가 넘었으므로 유는 당연히 관리실을 지나가고 있다고 생각했다. 그런데 박 씨 대신 김 씨가 우두커니 앉아 있었다. 유는 고개를 갸웃거렸다. 아홉 시가 지났는데 김 씨의 우두커니가 아직 끝나지 않았다니, 경비실이라고 해야 하나? 의외의 상황이긴 했지만 유는 곧 신경을 꺼 버렸다. 의외의 일이 일어나지 않는다면 어떻게 인생이라 할 수 있겠어?

유는 보폭을 조정하면서 산책로를 향해 걸었다. 오피스텔에서 오른쪽 골목으로 이십 미터, 거기서 다시 왼쪽으로 오십 미터 지점에 있는 쌈지공원이 목적지였다. 모래를 깐 놀이터에는 미끄럼틀과 그네 두 개가 있었고, 주위를 둘러 가며 벚나무 여섯 그루가 서 있었고, 네 개의 벤치가 있었다. 유는 놀이터를 다섯 바퀴 돌았다. 미끄럼틀 기둥을 철봉 삼아 몸을 펴고, 벤치를 기구 삼아 스트레칭을 했다.

좁은 쌈지공원이었지만, 최소한에 길들여진 유는 전혀 불만
스럽지 않았다. 강변에 잘 조성된 산책로가 있었으나 오가는
데 삼십 분씩, 산책까지 하려면 두 시간은 먹혔다. 알뜰히 시간
을 쪼개 써야 하는 유는 쌈지공원이 좋았다.

산책을 마친 유는 삼십 분 만에 오피스텔로 돌아왔다. 우두커
니 김 씨도, 한사코 관리소장이라 불리고 싶어하는 박 씨도 보
이지 않았지만 유는 고개를 갸웃거리지 않았다. 박 씨나 김 씨
가 관리실을 비웠든 경비실을 비웠든, 사정이 있겠지. 그게 뭐
나와 관계되는 일도 아니잖아. 자신의 거주지로 돌아온 유는
점퍼 차림 그대로 노트북을 열고 곧장 일을 시작했다.

각종 단체의 회원 정보와 해킹을 통해 수집된 이메일 주소로
대출 광고를 전송하는 것이 유의 첫 번째 알바였다. 유가 매일
알바로 보내는 수만 통의 메일은 십중팔구 포털사이트의 스팸
거름망에 걸려들 종류의 것이었다. 무심코 메일을 클릭했다가
혹시나 하고 폰 번호를 입력하고 회원가입을 하는 순간 강제
결제가 이루어진다거나, 실제로는 몇 배나 많은 이자를 물어야
한다든가, 번번이 잃게 되는 줄 알면서도 게임에 끼어들어 울화
를 터뜨린다거나 하는 상황이 있을 수 있었다. 그러나 유는 거
기까지 신경 쓸 여유가 없었다. 유는 그냥 일을 하고 있을 뿐이
었고, 일을 하는 것은 살아가는 데 필요한 최소한의 돈을 버는
일이었다.

유는 두 시간 동안 기관총을 발사하듯이 무작위로 열심히 메

일을 보내고 카페 게시판에 등재했다. 메일 주소를 클릭하고(주소를 클릭하고), 내용을 카피해 붙이고(카피 후 페이스트), 이모티콘과 기호가 절반쯤 포함된 제목을 쓰고(제목을 쓰고), 오케이 누르는 단순한 동작을, 끈기 있게 자신을 격려하면서 반복한 유는 준비해 둔 옷을 갈아입었다. 옷은 세상 속으로 들어가는 첫 번째 관문이야. 사람들이 나를 특별히 보아 주지 않는다면, 내 소설도 결코 특별한 게 될 수 없어.

첫 번째 알바를 쉬어도 되는 일요일에 옷을 사러 가기로 마음먹고서 유는 현관으로 가서 구두를 닦고(구두를 닦고), 구두를 신었다(구두를 신었다). 가방을 어깨에 걸고(가방을 어깨에 걸고), 문을 열었다(문을 열었다). 딩동 소리를 내며 엘리베이터가 멈추자 개를 안은 여자가 내렸다. 얼굴 전체를 가리는 자외선 차단 마스크에 캡과 선글라스를 쓴 여자였다. 차랑차랑한 생머리가 등 중간까지 내려와 있고, 흰색의 할랑하고 긴 티셔츠가 덮고 있는 엉덩이가 도톰했다.

휘파람이 나오려는 것을 입안에 가두고 유는 여자와 개를 바라보았다. 이사한 지 한 달, 그 차림의 여자와 몇 번 마주쳤다. 같은 층 복도 어디쯤에 사는 것 같았으나, 좁아터진 오피스텔에 몸을 부리고 사는 사람들에게서 느껴지는 완고한 경계심이 풀풀 묻어났다. 어차피 이런 데서는 피차 눈인사조차 나누지 않는 게 예의라고.

여자를 기억하는 것은 독특한 차림새 때문만이 아니라, 개 때문이었다. 여자는 항상 똑같은 차림이었는데 개는 볼 때마다 다른 개였던 것이다. 도대체 개를 몇 마리나 키우는 걸까 싶었지만 유는 곧 다른 생각을 했다. 애견관리사인지도 몰라. 이런 곳에서 몇 마리의 개를 어떻게 키울 수 있겠어? 게다가 박 씨가 얼마나 까탈스러운데.

여자는 운동화 소리를 내면서 왼쪽 복도를 따라 걸어갔다. 여자에게 안긴 개만이 팔꿈치 사이로 머리를 내밀고 유를 쳐다보았다. 주인에게 전적으로 복종하는 개들이 흔히 가지고 있는 연약한 눈빛을 그 개도 가지고 있었다. 사건이 일어나려고 그랬던지 무심히 보았던 개의 품종이 비숑 프리제라는 것까지 떠오르자 유는 평정심이 흔들리는 것을 느꼈다. 그래, 개란 말이지!

유는 대략 난감할 때면 한숨처럼 터뜨리는 휘파람을 슬슬 불기 시작했다. 목격한 바에 의하면 박 씨의 강력한 털짐승 금지 조처에도 불구하고 개를 데리고 다니는 사람은 다섯쯤 되었다. 하지만 그들은 항상 똑같은 개를 데리고 있었고, 데면데면하거나 약간 숨기는 듯한 표정이었다. 털짐승은 못 키우게 되어 있다는 규약을 태연히 어기고 있다는 것쯤 봐 주라는 듯.

한때 고양이를 키운 적 있는 유는 개에 대해서도 특별한 거부감이 없었다. 개를 키우는 사람들에 대해서도 규약을 어기고 있다고 비난하거나 시비를 걸 생각도 없었다. 개를 키우는 사람들은 개를 키울 사정이 있을 것이었다. 개들도 그랬다. 누가 키워 주지 않는다면 어떻게 살겠어? 오히려 유는 개를 키우기 위해 규약신봉자인 박 씨와 개주인 사이에 벌어졌을 타협, 애걸, 무시, 저항 같은 기제들을 상상해 보고는, 유리오피스텔에 살고 있는 개와 개의 주인들에게 진심으로 동정심을 표시했다.

그런데 사건이 일어나려고 그랬던지 그날따라 개라는 동물이, 비숑 프리제의 완벽한 복종심을 내포한 눈이 명치에 딱 걸렸다. 엘리베이터 단추를 누르면서 유는 자신이 왜 불쾌한지 생각해 봤다. 비숑 프리제의 연약하지만 도도한 눈빛 때문? 개란 종족은 항상 그렇게 이중적인 눈빛으로 동정을 구하는 거잖아. 아니꼽지만 인정해 왔던 사실이야. 그럼, 그 여자 때문? 그 여자가 왜? 얼굴 전체를 가리는 마스크에 캡과 선글라스를 늘 쓰고 있어서? 매번 다른 개를 안고 있어서?

마스크와 모자와 선글라스로 단단히 자신을 가둔 여자와 법집행관처럼 규약을 들이대기 좋아하는 박 씨의 완고함이 유의 마음속에서 불쾌라는 한 가지 감정으로 합쳐지기 시작했다. 여자는 왜 얼굴을 가리고 있을까? 피부관리나 성형 혹은 수술을 한 뒤 회복 중이라면 충분히 이해할 수 있었다. 그건 한시적인 것이고, 곧 여자는 얼굴을 드러낼 것이다. 달라진 자신의 모습에 만족하면서 언젠가는 친절한 인사를 건넬지도 모르잖아. 유가 신중을 기하는 차림새와 마찬가지로 얼굴은 세상에 내놓는 첫 번째 이미지니까. 하지만 아니라면 뭐야?

여자가 피부 때문도, 성형수술 때문도 아닌 다른 어떤 이유 때문에 얼굴 전체를 완벽하게 가리고 다닐 수도 있다는 생각이 엘리베이터가 일 층에 도착하기까지 질질 끌려 내려왔다. 여긴 판옵티콘이 아니고, 난 죄수가 아냐. 꼬박꼬박 세를 내고 있고 (낼 것이고), 공동생활규약을 지키려고 노력하고 있어. 여자는 자신을 바라보고 있는데 이쪽에선 아무것도 볼 수 없다는 것이, 감시카메라에 알몸을 보이는 것처럼 기분 나빴다. 박 씨만 아니었어도 여자가 기분 나쁘지는 않을 거야. 이게 다 박 씨 때문이라고.

여자를 불쾌하게 여기도록 만든 박 씨를 원망하면서 유는 경비실이 관리실로 바뀌었는지 보려고 고개를 돌렸다. 박 씨가 김 씨처럼 우두커니 앉아 있었다. 할 일이 잔뜩 밀렸다는 듯 종이를 뒤적거리지도 않고, 컴퓨터를 들여다보지도 않고, 쓰레기통을 감시하지도 않으면서 말이다. 반쯤 벗겨진 머리에 군살이 없는 목덜미로 미동 없이 앉아 있는 박 씨를 보자 엘리베이터를 타고 질질 따라온 불쾌한 감정이 라면 삶으려고 올려놓은 물처럼 부글부글 끓어올랐다.

심호흡을 하고 유는 쪽창을 두드렸다. 우두커니 앉아 있던 박씨가 고개를 돌리더니 쪽창을 열었다. 유는 열린 쪽창으로 바싹 말린 면을 끓는 물에 집어넣듯이 말했다.

"개는 못 키우게 되어 있지 않나요?"

"그렇죠. 고양이도 안 됩니다. 규약이 그래요."

박 씨는 그렇게 물어봐 줘서 고맙다는 듯, 딱딱하게 대답했다. 혹시라도 개를 키울 작정이라면 아예 그만두는 게 좋을 거라는 단호함이 박힌 말투였다. 유는 박 씨를 향해 쿵, 코웃음을 뿜었다. 코웃음에 박 씨의 코가 찡그려지는 순간, 유는 기분이 조금 좋아지는 것을 느꼈다(기분이 좋아). 바로 그거야. 당신은 좀 불쾌해질 필요가 있어. 그동안 나만 계속 불쾌했으니까, 이제 조금 공평해지자구.

"규약이란 건 모두 함께 지켜야 하는 것 아닌가요? 누군 지키고, 누군 안 지켜도 된다면 그게 어디 규약입니까?"

턱을 치켜들고(턱을 치켜들고) 휘파람을 불었다(휘파람, 휘파람). 이삿짐을 실은 차가 도착하자마자 부랴부랴 달려온 박 씨는 다짜고짜 개나 고양이 같은 털짐승은 못 키우게 돼 있다는 규약을 읊었었다. 도착하자마자! 누가 개를 키우겠대요? 박 씨는 이삿짐을 나르는 유의 뒤를 따라다니며 다섯 번이나 같은 말을 지껄인 다음에야 물러났다. 그때의 찐득한 불쾌가 되살아나서 유는 주머니에 손을 찔러 넣은 채(손을 빼면 안 돼), 다리를 건들거렸다.

박 씨의 목덜미가 붉어지는가 싶더니 허리를 숙이고 관리실에서 나왔다. 일흔이 내일 모레라고 했지만 키가 컸고, 군살 없이 단단한 몸매를 유지하고 있었다. 제법 폼나는 회사에서 컴퓨터로 서류를 만지던 몸이었는데, 어쩌다 쓰레기통이나 관리하는 신세가 됐는지 모르겠다고 투덜거리던 소리를 언제 들었더라?

유의 껄렁한 자세를 보더니 박 씨는 불쾌를 감당하기 힘들다는 듯 꾹꾹 누르는 투로 말했다.

"누가 개를 키운다 그래요? 내가 얼마나 엄격히 관리하는데, 그런 일은 있을 수 없어요!"

유는 욕설로 터져 나오려는 휘파람을 혀로 굴려 넘기면서 말했다.

"방금, 어떤 여자가 개를 안고 칠 층에 내리는 걸 봤어요. 비가 오거나 흐리면 웬지 숨이 막히더라니 그게 개 냄새 때문이었어요. 난 개라면 딱 질색일 뿐 아니라 알러지까지 있어요. 한두 마리가 아닌 것 같던데요?"

유는 박 씨에게서도 개 냄새가 난다는 듯 옆으로 고개를 돌렸다. 말문이 막힐 줄 알았는데, 박 씨는 그게 무슨 문제냐는 듯 태연히 대꾸했다.

"그 집 개들은 냄새 안 납니다. 주인이 얼마나 깨끗이 간수한다고요. 매일 목욕시키고, 성대수술도 다 했다고요."

"목욕을 하든 성대수술을 하든, 개는 개잖아요!"

앙칼지고 비열한 자신의 목소리에 유는 놀라지 않았다. 금방 엄격히 관리한다 해 놓고, 냄새 안 나는 개, 개들이라니. 박 씨는 여자가 여러 마리의 개를 키우고 있다는 걸 알고 있었던 것이다. 그런데도 만류는커녕 편을 들다니. 유는 비명을 지를 만큼 놀랐다. 뭐야, 여자가 마누라라도 된다는 거야? 비명을 겨우 삼키고서 자신을 다잡기 위해 박 씨로부터 유래한 나쁜 감정을 되씹어 봤다.

공동생활 공간으로 이사를 한 만큼 유는 최대한 다른 거주자들에게 불편을 주지 않기 위해 노력했다. 꽉꽉 눌러진 채 담겨져서 구겨지는 게 싫어서 옷상자 수를 늘린 것을 후회하기까지 하면서 말이다. 가져온 짐을 부지런히, 그리고 차곡차곡 실내로 옮겼음에도 불구하고 겨울옷을 담은 상자 몇 개는 잠시 복도에 두어야 했다. 삼십 분도 채 안 돼 득달같이 달려온 박 씨가 한 말은 당장, 투입!이었다.

세상에, 투입!이라니. 유는 자신의 고유한 물건들을 쓰레기로 분류하는 박 씨에게 항의했으나, 박 씨는 유의 항의 자체를 이해하지 못했다. 투입!이 왜 기분 나쁜지 같은 건 안중에도 없이, 계속해서 규약에 따라야 한다고 했다. 정수리에서 화산이 폭발하는 것 같은 심정으로 유는 모든 종이상자를 실내로 투입!해야만 했고, 상자와 상자 사이를 밟고 허둥거리다가 침대 머리맡과 발치에 상자를 쌓아 둔 채 사흘을 지냈다.

겨우 상자 정리를 끝냈을 때, 유는 박 씨와 또 부딪쳤다. 박 씨가 쓰레기통 옆에 파리처럼 달라붙은 채 유가 나르는 쓰레기를 일일이 점검했던 것이다. 유는 철저히 쓰레기를 분리해서 버리는 성미였지만, 박 씨는 서른이 되도록 혼자 사는 남자를 절대 믿지 않으려 했다.

박 씨 앞에 종이상자와 포장용기가 담긴 쓰레기봉투를 내동댕이치는 것으로 싸움은 일단 끝난 줄 알았는데, 며칠 뒤 불쑥 유의 거주지로 박 씨가 찾아왔다. 혹시라도 개나 고양이를 키우지 않는지 확인하러 왔다는 것이었다. 막역한 친구인 담배와 조용히 대좌하고 있던 유에게 박 씨는 소리쳤다. 건물 내, 금연! 개나 고양이 같은 털짐승을 찾아내지 못한 게 분했던 걸까.

"내가 봤다는데 웬 말이 그렇게 오락가락해요? 이 사람한텐 이 규약, 저 사람한텐 저 규약, 내가 개보다 못합니까?"

잔뜩 높아진 목소리에 박 씨가 찔끔 놀라는 눈치였다. 그러나 규약이라는 대단한 무기의 위력을 잊지 않고 있다는 듯이, 곧 표정을 가다듬고 목소리를 높였다.

"사람마다 사정이 있는 겁니다. 쥐구멍만 한 오피스텔에 살면서 뭘 그렇게 따지고 그래요?"

유는 숨을 멈추고 박 씨를 쳐다보았다. 사람마다 사정이 있고, 쥐구멍만 한 오피스텔에 살면서 뭘 그렇게 따지냐고? 유는 자신이 박 씨인지, 박 씨가 자신인지 잠시 헷갈렸다. 이런 걸 적 반하장이라고 하지? 감정을 조절할 필요가 있어서 다리 건들거리기를 멈추고 가방을 추슬렀다. 왼쪽 어깨를 추켰다가 내렸다. 그리고 오른쪽 어깨를 똑같은 방식으로 추켰다 내리고, 최소한으로 추락한 인내심에 매달려 목소리를 깔았다.

"이런 식으로 관리라는 걸 할 거라면, 입주민회의에 회부해서 당신 잘라 버릴 거예요!"

하루에 세 가지씩, 혹은 두 가지씩, 스스로 생활을 책임지게 되면서부터 아주 많은 종류의 알바를 해온 유에게 잘린다는 건 가장 커다란 위협이었다. 잘라 버리겠다는 말은 그러니까 유가 동원할 수 있는 가장 악랄한 욕이었다. 잘라, 잘라 버린다고. 잘 린다는 게 어떤 건지 당신도 알겠지?

유는 이를 악물었다. 이렇게 원한적이 되어서도 작가가 될 수 있는 걸까? 작가라는 단어가 바닥난 인내심에 새로운 인내심을 공급하기 시작했다. 작가씩이나 꿈꾸고 있으면서 다른 사람의 생존을 위협한다니, 있을 수 없는 일이야. 아무리 화가 나도 참아 줄 수 있어야 해. 그만, 이제 그만. 유는 악문 이 사이로 새어나오는 혀를 집어넣었다. 새로 공급된 인내심 덕분에 잘라 버릴 거라는 말에 창백해진 박 씨의 얼굴도 눈에 들어왔다. 이러지 마, 너도 수없이 잘려 봤잖아. 하지만 저런 인간에게 관리당하면서 살 수는 없어.

사건은 아직 일어나지 않았지만 벌써 다섯 명의 거주자들이 와서 유와 박 씨의 대립을 구경하고 있었다. 구경꾼이 생기면서 기세등등하던 박 씨가 얼굴을 일그러뜨린 채 안절부절인 것도 봐주기 힘들었다. 뭐야, 이건. 내가 꼭 잘못한 것 같잖아. 이렇게 찝찝한 마음으로 어떻게 하루를 힘차게 살아 낼 수 있겠어!

폰을 꺼내 시계를 봤다(시계를 보고). 두 번째 알바 장소에 갈 시간이 빠듯했다. 편의점에서 유가 오기를 기다리고 있을 교대 근무자의 일정에 차질이 생길지도 모른다는 걱정이, 그리고 그 교대근무자의 차질로 인해 또 다른 사람에게 일어날 어긋남이, 꼬리에 꼬리를 물고 연상되기 시작하자, 유는 새로 공급된 인내심을 최대한 다 사용해야만 한다는 것을 알았다.

만약 이 콧구멍만한 오피스텔 관리직에서 잘린다면 박 씨는 어떻게 될까? 곧 다른 일자리를 찾을지, 그대로 놀게 될지 알 수 없는 일이었다. 그리고 혹 앙심을 품고 으슥한 밤길에 불쑥 나타나 둔기를 휘두를지도 알 수 없었다. 잘린다는 건 생존 그 자체잖아. 일이 왜 이 지경이 된 거야! 망할 놈의 개!

유는 시름없이 여자와 개를 탓했다. 당장 걱정인 건 자신이 알바에서 잘릴 수도 있다는 사실이었다. 만약 잘린다면 새 일을 구하는 데 얼마나 걸릴까? 운이 나쁘면 한 달, 더 운이 나쁘면 두 달 동안 두 번째 알바를 구할 수 없을지도 몰랐다. 유는 새로 공급된 인내심의 마지막까지 톡톡 털어서 몸을 돌렸다.

사람들 사이를 빠져나와 터덜터덜 걸었다(터덜터덜). 작가가 되려는 꿈에 한 발짝이라도 더 다가가려고 입주한 유리오피스텔, 그 조그만 네이션을 돌아보았다. 그 옥탑방이 그렇게 춥지만 않았어도, 주인 여자가 속옷 차림으로 빨래를 널러 오지만 않았어도, 그 집 계단이 조금만 덜 가팔랐어도, 교통이 조금만 더 좋았어도 이 웃기는 네이션에 입주하진 않았을 텐데.

비참하다 못해 허탈한 웃음을 머금고 유는 지하철역으로 내려가는 계단을 밟았다. 간신히 편의점에 도착해 교대를 했고, 여덟 시 퇴근을 앞두고 삼각김밥으로 저녁을 먹었다. 사건이 일어난 줄 몰랐기 때문에 유는 서둘러서 세 번째 알바를 하러 갔다. 그날따라 돼지갈비집에는 손님이 많았다. 수십 개의 불판을 닦고 또 닦은 뒤 지하철 막차를 탔다. 하루 종일 기분이 좋지 않았지만, 어쩔 수 없었다고, 정말 어쩔 수 없었다고 자신을 위로했다.

거주지로 돌아간 뒤에는 두 시간 정도 소설을 쓸 예정이었으므로 지하철역 자판기에서 밀크커피 한 잔을 마신 뒤 유리오피스텔 앞에 도착했다. 열두 시 반. 유가 늘 거주지로 돌아오는 시간이었다. 경비실에는 우두커니 김 씨가 꾸벅꾸벅 졸고 있었다. 눈이 마주치면 목례라도 건넬 요량으로 쪽문을 슬쩍 훔쳐보았더니, 김 씨가 벌떡 일어나 쪽창을 열었다.

"좀 들어오슈."

유는 고개를 갸웃거렸다. 김 씨가 말을 걸다니, 잘못 들은 걸까? 갸우뚱해진 고개 그대로 지나치려니 김 씨가 어눌하고 느린 투로 다시 말했다.

"잠시만, 할 말이 있다니까."

유는 주춤주춤 경비실로 들어갔다. 작은 소파를 가리키며 김 씨가 앉기를 권했다. 이사 오던 날 큼직큼직한 명조체로 인쇄된 공동생활규약을 보여주며 근엄을 과시하던 박 씨가 앉아 있던 자리였다. 유는 애매한 기분으로 거기 앉았다.

"무슨 일입니까, 아저씨?"

"사건이 일어났다네."

김 씨가 쥐어짜는 듯하고 느려터진 목소리로 말했다. 유는 되도록 친절한 표정을 유지하려고 애쓰면서 김 씨를 바라보았다. 냉정함이 어떻게 작가의 미덕이 될 수 있겠어? 유는 참을성을 가지고 김 씨의 말을 경청했다.

근무시간은 아니었지만 그 시각 김 씨는 주차장 옆 청소 용구를 넣어 두는 창고에서 쉬고 있었다. 어제저녁 박 씨의 반신불수 아내가 응급실에 실려 가는 바람에 교대시간을 늘려 줬고, 보답으로 점심을 얻어먹기로 되어 있었단다. 김 씨는 엄청나게 시끄러운 소리에 잠이 깨었다. 달려 나가 보니 박 씨가 유와 싸웠고, 유가 가 버리고 나자 개새끼들 다 죽여 버린다며 옥상에서 개집을 집어 던지고 있다는 것이었다.

옥상에 올라가 보니 옷을 홀랑 다 벗은 박 씨가 여섯 개나 되는 개집을 아래로 내던진 다음 차례로 개 한 마리를 막 집어 던지려는 찰나였다. 김 씨는 달려가서 박 씨를 껴안았다. 그래도 박 씨는 개를 놓지 않았다. 매일 강변 산책로를 두 바퀴씩 돌아오는 힘 좋은 박 씨를 당할 수 없겠구나, 개 한 마리 옥상에서 떨어져 죽겠구나 포기하고 있는데 여자가 나타났다. 옥상에 개집 여섯 개를 두고 여러 마리의 개를 키우는 여자였다. 여자와 힘을 합해 겨우 박 씨로부터 개를 구했다. 박 씨가 옷은 왜 벗었는지 김 씨는 설명하지 않았다(못했다).

"여자가 말이지, 마스크도 모자도 선글라스도 안 썼는데… 나도 첨 봤어."

김 씨가 절레절레 머리와 손을 저었다. 마스크도, 모자도, 선글라스도 쓰지 않은 여자는 머리와 얼굴에 온통 화상 흉터였다고 했다. 포근한 가을 햇살도 화상 흉터에는 화살처럼 꽂히는 모양이더라고 김 씨가 말했다. 개를 구하려고 박 씨의 알몸을 끌어안은 채로 여자가 화상흉터에 꽂히는 햇살 때문에 고통에 찬 비명을 지를 때 귀가 먹먹했다고.

유는 소파에서 벌떡 일어났다. 박 씨가 규약을 들이대며 앉아 있던 의자였다. 발가벗은 박 씨가 개를 안고 소파에서 펄쩍펄쩍 뛰고 있었다. 머리 전체에 화상을 입은 여자가 레이저빔에 맞은 에이리언처럼 소파를 붙잡고 비명을 지르고 있었다. 유는 의자를 쳐다보았다. 아침에 일어나 산책을 하고 첫 번째 알바를 시작할 때만 해도 아무 일도 없었어. 하늘은 쾌청했으며, 적당한 바람이 불었지. 그런데 무슨 일이 일어난 거야?

이제 그만 가 보라는 듯, 김 씨가 우두커니 자세를 취했다. 경비실을 나온 유는 터덜터덜(터덜터덜) 걸었다. 엘리베이터를 타고 거주지로 돌아온 유는 좁은 침대에 힘없이 걸터앉았다(걸터앉았다). 장차 작가가 되려고 했지만, 결코 작가가 될 수 없을 것 같았다. 어떤 소설이 현실보다 리얼하겠어?

해설

이 모두는 사실이 아니다

전성욱(문학평론가)

  좋은 소설이란 무엇인가, 라는 물음에 대한 응답은 이미 여러 갈래로 펼쳐져왔다. 그럼에도 여전히 좋은 소설이라는 물음은 아득한 아포리아다. 그 물음에 대한 근래의 가장 유력했던 입론은 아마도 '감각적인 것의 분배(Le partage du sensible)'라는 개념으로 미학의 문제를 파고든 랑시에르에서 찾을 수 있지 않을까 한다. 그 요지를 지극히 간단하게 축약한다면, 상투화된 기존의 미학적 공리로부터 탈주하여 감각적인 것의 새로운 분배를 창안하는 것, 다시 말해 감각적인 것의 통속화된 분배를 전복하는 것이 곧 미학적 전위인 동시에 정치적인 실천이라는 것. 이 말을 좀 더 과감하게 정리한다면, 좋은 예술이란 결국 새로운 미학을 정립한다는 것이다. 모든 전위는 불온하다고 했던 김수영의 단언이란 것도, 결국은 새로운 미학을 창안하는 자유의 의지를 옹호한 것이었다. 그러나 새로운 것이 다 좋다고 할 수는 없지 않은가. 모더니즘에 대한 오래된 시비와 논쟁은, 역시 그 새로움의 정체를 두고 벌어진 집요한 논란이었다. 우리의 일천한 근대화는 바로 그 새것에의 경도와 집착 속에서 분열의 길을 걸었다. 새것의 창안이 아니라, 이방의 새것을 서둘러 입수하는 경쟁에 치우쳐 있었던 것이 그 분열의 처연한 면모였다. 그런 의미에서 우리는 아직도 불온하지 못하고 온건한 편이다. 새것을 창안하는 것이 불온함의 적극적인 실천이라고 할 때, 새것을 재빠르게 수입하는 데 능숙한 젊은이들이란, 불온 한 것이 아니라 그저 영악한 것일 뿐이다. 육당 최남선과 춘원 이광수의 계몽기적 열의로부터 분명하게 자각된 이래로, 낡은 것에 대한 혐오와 새것에의 탐심은 '소년'이라는 젊은 세대—당연하지만, 젊음이란 반드시 물리적인 나이로 규정되는 것은 아니다—의 정신적 지향을 규정해왔다. 그러므로 우리 젊은이들의 그 영악함이란 오랜 연원을 갖는다. '새것'을 탐하는 '오래된 염원'은 하나의 역설이다. 그 역설의 틈새에서 위태롭게 이어져온 우리의 문학사는, 이제 조금씩 새것에의 영악함 대신에 불온함이라는 야성에 눈뜨고 있는 중이다.

드물긴 해도, 불온함의 야성으로 새것의 창안에 몰두하고 있는 이들이 있다. 내가 알기로는 그들은 대체로 무엇을 만든다는 창작의 자의식에 예민한 사람들이다. 그러니까 자각적인 포이에시스의 의지가 그들의 불온함을 자극한다. 그리고 그런 자극과 자각 속에서 그들은 아주 어렵사리 새로운 것을 창안하기에 이른다. 조명숙의 소설을 앞에 두고 길게 에둘렀지만, 실은 그의 소설이 바로 그런 오연한 불온함 속에서 제련되고 있다는 말을 하고 싶었다. 서양의 아방가르드를 흉내 낸 것에, 그 모작의 솜씨에 놀라며 호들갑을 떨어온 사람들에게라면, 조명숙의 소설이 조금은 심심하게 느껴질지도 모르겠다. 그러나 진면목이란 대개 그런 심심함 속에서 오롯하다. 심심함의 와중에 느껴지는 불온함의 기운, 나는 그런 기운을 느끼게 하는 작품들을 편애하는 편이다. 이야기가 갖추어야 할 통념적인 요소들을 두루 정비하고 있으면서도, 조명숙의 소설은 쉽게 통속적인 상투형으로 빠져들지 않는다. 그것은 역시 그 심심함과 불온함에 대한 작가정신의 철저함에서 연유하는 것이 아닐까. 물론 자각한다고 다 되는 것은 아니다. 자각과 더불어 실천하는 일이 어렵다. 그의 소설들을 즐겨 읽어왔던 바로는, 그 어려움을 견디는 적공 속에서 조명숙의 소설이 그 내공을 단단히 하고 있는 것은 분명해 보인다. 이번 소설집의 면모가 그 단언을 더 확신하게 만든다.

먼저 글을 쓴다는 자의식이 표면에 드러나 있는 「하하네이션」을 주목해 본다. 이 소설의 요지는 이 마지막 구절에 집약되어 있다. "장차 작가가 되려고 했지만, 결코 작가가 될 수 없을 것 같았다. 어떤 소설이 현실보다 리얼하겠어?" 이 말이 단지 어떤 허구보다도 더 극적인, 현실의 그 놀라운 사건성을 시사하는 것이라면, 이 소설을 나는 그저 시시하게 읽고 말았을 것이다. 그러나 여기서 제기되는 것은 현실의 드라마틱한 성질이 아니라, 글쓰기의 윤리에 대한 숙고라고 할 수 있다. 이 소설은 어느 작가 지망생의 하루를 통해, 일상에 잠복해 있는 위험한 순간들이 어떤 우연한 계기들과 더불어 끔찍한 필연으로 현상하는가를 서술함으로써, 현실의 그 '리얼'한 재생에 대하여 생각하게 만든다.

글은 기교로 빛나는 것이 아니라 사람의 혼신으로부터 만들어진다는 것, 아마도 이 작가는 그렇게 굳게 믿고 있을 것이다. 이 소설은 좋은 글을 쓰고 싶은 작가 지망생 '유'의 생존을 건 생활을 단서로 해서, 글(소설)을 쓰는 마음이 봉착할 수밖에 없는 어떤 궁극적인 물음에 이른다. 글쓰기가 삶을 구원할 수 있는가, 라는 물음. 좋은 글을 쓰는 것이 곧 좋은 삶을 사는 것인가, 혹은 좋은 글이 좋은 삶을 대체할 수 있는가, 라는 물음. 그러므로 "장차 작가가 되려고 했지만, 결코 작가가 될 수 없을 것 같았다. 어떤 소설이 현실보다 리얼하겠어?"라는 그 물음은, 글이 삶을 대신할 수는 없다는 자각, 바로 그 자각 위에서만 가능한 리얼에의 착근을 말하고 있는 것이다.

'유'는 좋은 글을 쓰는 좋은 작가가 되겠다고 다짐했다. "장차 작가가 될 작정이었으므로 유는 사물과 사람과 시간 같은 것들, 이를테면 자신을 살게 하는 구조와 장치들에 대해 되도록 긍정적이고 친밀한 태도를 가지려고 노력하고 있었다." 아마도 그는 어린 시절에 어떤 이유인지는 몰라도 고아원에서 자라야 했고, 그 시설에서 나온 뒤 지금은 세 개의 아르바이트를 하면서 어렵게 살아가고 있다. 무엇보다 그는 외로운 사람이다. 그래서 작가가 된다는 것, 글을 쓴다는 것은 그에겐 일종의 위로이며 구원이다. 작가가 된다는 것은 그의 외로운 과거와 현재를 구원하는 유력한 방법이다. 그러므로 그의 모든 생활은 작가가 되겠다는 그 구원론적인 목적으로 수렴된다.

'자신을 살게 하는 구조와 장치'라고 한 것에는, 그가 거주하는 오피스텔 건물인 '하하네이션'이 포함될 수 있으리라. 그는 글을 쓰기 위해 옥탑방에서 그 비좁은 유리 오피스텔로 거처를 옮겼고, 공동생활의 규약을 철저하게 따랐으며, 옷차림에도 신경을 썼다. 좋은 작가가 되기 위해서는 세 개의 알바를 거뜬히 해낼 수 있어야 하고, '사물과 사람과 시간 같은 것들'에 민감해야 한다. 그러나 그는 최선을 다했으나 끝내 좌절하고 말았다. 좋은 결과는 자기의 최선만으로 주어지지 않는다. '유'의 좌절은 일상의 이면에 은폐되어 있는 현실의 비극을 예감하지 못한 그 무능에서 비롯되었다. 그와 시비가 붙었던 경비실의 박씨는 단지 완고한 규약 신봉자가 아니었다. '유'는 박씨의 아내가 반신불구이며 이따금 응급실에 실려가는 처지라는 것을 몰랐다. 그리고 털 짐승을 키우지 못하게 되어 있다는 규약을 어겼다고 박씨에게 고발했던 그 여자, 마스크와 모자와 선글라스로 단단히 자신을 숨기고 다녔던 여자는, 사실 머리와 얼굴의 화상 흉터를 숨기려고 했던 것이다. 여자가 옥상에서 여러 마리의 개를 키운 것은, 마치 '유'에게 글쓰기가 그랬던 것처럼 그 상처에 대한 일종의 위안이었는지도 모른다. 경비실의 박씨가 그토록 규약에 집착했던 것도, 역시 마찬가지로 가정사의 고통을 견디려는 어떤 병리적인 위로의 방식이었을 것이다.

「하하네이션」이 제기한 '리얼'에의 착근에 대한 미학적 사유는, 다름 아닌 글쓰기의 태도에 대한 윤리적 사유와 이어져 있었다. 혼자서만 혼신의 힘으로 글을 쓴다고 리얼에 이를 수 있는 것이 아니다. 자기가 그렇게 타자의 삶과 결부되어 있다는 자의식 속에서, 타인의 불행이 자기의 일상과 밀접하다는 실감에 도달하는 것, 그 실감으로부터 드디어 한 줄의 글이 쓰일 수 있다는 것이 바로 이 소설이 제기하는 글쓰기의 윤리다. 그러니 좋은 글을 쓰려거든 '유'를 사로잡았던 이런 생각에서 먼저 놓여나야 한다. "내가 나를 보살피지 않으면 누가 날 보살피겠어?" 아집에서 벗어난 사람에게만 타인의 삶이 눈에 들어온다. 그러나 자기로부터 벗어난다는 것은 말처럼 그렇게 가능하기나 한 것일까. 우리는 대체로 자기의 결핍이 우선인 사람들이니까.

지금 한국소설의 절대 다수가 결핍된 자들의 심리적 병리를 집요하게 파고들고 있다. 조명숙의 소설들 역시 그런 범주 안에서 치열하다. 특히 상처 입은 여성들의 마음을 살피는 작가의 역량은 치밀하고 오묘하기 그지없다. 「조금씩 도둑」에서는 레즈비언의 미묘한 마음을 헤아리는 그 공감의 태도가 인상 깊다. 소녀는 어떻게 어른이 되는가. 세상을 닮아가거나 아니면 세상에 저항하거나, 둘 중에서 어른이란 앞의 길을 선택한 사람들에게 주어지는 이름이다. 세 소녀의 성장기는 서로 다른 내력으로 갈라져버렸다. "용희, 선경, 영미 대신에 피융, 바바, 띠띠라는 이름으로 우정을 다짐하던 열여섯 그때만 해도 이렇게 꼬일 줄 몰랐다." 마흔을 전후로 한 나이가 되기까지, 세 여자의 삶은 과연 꼬였다고 할 수 있을 만큼 기구하다. 가수가 되기를 꿈꾸었던 '바바'는 떠돌이 가수를 남편으로 맞아 자신의 꿈을 포기하고 지금은 돼지국밥 장사를 하고 있다. '피융'도 괜찮은 남자를 만나 결혼을 했지만 얼마 뒤 남편은 몸이 불구가 되어 고생을 하다가 끝내 죽고 말았다. '피융'은 지금 재래시장에서 부식 가게를 하고 있다. '띠띠'는 '피융'에게 동성애의 감정을 느끼지만 그것은 가닿을 수 없는 불가능한 사랑이었다. 그 불가능한 마음의 행로는 갈피를 잃은 채 흔들리다가 어떤 가난한 고시생에게 닿았고, '띠띠'는 그의 아이를 임신했지만 그들은 끝내 헤어질 수밖에 없었다. 이처럼 세 여자의 삶에서 남자는 결정적인 급소였다. '바바'와 '피융'은 자기의 꿈보다는 남자와의 사랑과 더불어 행복할 수 있기를 바랐다. 그것이 자기를 세상에 적응시키는 일반적인 성장의 수순이었다면, '띠띠'는 끝내 어른이 되지 못한 성장하지 않은 여자로 버텨냈다. "일반적이지 않은 자신의 취향을 거부할 것이 아니라 조심스럽게 수긍하기로 했다." '띠띠'는 세상의 편견에 맞서 자기의 사랑을 지켜왔고, 그 사랑을 위해 빵가게를 열겠다는 꿈을 여전히 포기하지 않았다. 대신 그런 '띠띠'는 세상의 가혹한 징벌을 치러내야만 했다. 낙태를 하고 자궁을 적출해야 할 만큼 몸은 나빠졌고, 그 모든 희생을 참아내면서까지 포기하지 않은 '피융'을 향한 마음과는 달리 '피융'은 점점 초라하게 나이를 먹어갔다. 그런 '피융'을 지켜보는 것은 '띠띠'에게 그 어떤 징벌보다 가혹하다. 그럼에도 '띠띠'는 "피융이라는 이름이 뚫어 놓은 구멍"보다는 자기가 조금씩 훔쳐낸 마음 때문에 더 미안하다. 우리는 모두가 자기의 결핍이 우선인 사람들이지만, 어떤 사랑은 때로 이렇게 위대한 전도를 가능하게 한다. 「하하네이션」의 인물들처럼, 물론 여기서도 '띠띠'는 자기를 위로하는 고유의 방법을 갖고 있다. "비유는 띠띠에게 가장 중요한 위로의 방식이었다." 자아와 세계, 주지(tenor)와 매체(vehicle) 사이의 긴장 안에서, '띠띠'는 이 세계의 어떤 폭력의 결과인 그 결핍을 견뎌낼 수 있었다. 비유에 대한 이런 상징화도, 역시 글쓰기에 대한 작가의 자의식을 드러내고 있다고 할 수 있지 않을까.

여성의 결핍은 「사월」에서 더 상징적이고 더 근원적으로 다루어지고 있다. 결핍은 대체로 몸으로 가시화된다. 깡마른 '지호'는 새처럼 가벼워지고 싶다. 중력을 거슬러 지상으로부터 비상하고 싶은 여자의 열망이 그 결핍의 정도를 가늠하게 한다. 자궁을 축출한 여자는 생명을 잉태할 수 없다. 그래서 여자는 새처럼 좁쌀을 삼켰고, 이제는 해바라기 씨를 삼키게 되었다. 역시 '해바라기 씨'는 결핍을 채우기 위한 대체물이며 존재의 위안을 충족시키는 대상이다. 자궁을 드러낸 여자에게 해바라기 씨의 그 상징성은 너무나 명백하다. 사월의 봄은 생명을 움틔우는 계절이고, 여자에게 사월은 그래서 더 잔인한 달이다.

여자의 결핍은 여기서도 역시 남자와 연루되어 있다. 지호의 남자는 공금을 횡령했고, 사기를 쳤고, 옥살이를 했다. 지호는 전세금을 날렸고, 자궁암에 걸려 남자에게 이혼을 요구하자 그는 기다렸다는 듯이 응했다. 그러고도 "그는 자주 떠났고, 또 돌아오곤 했다." 남자는 나날이 비만해졌고 여자는 나날이 말라갔다. 그런 헛헛한 재회와 이별을 반복해오던 어느 날, 주문한 해바라기 씨는 제때에 도착하지 않았다. 그 날은 여자의 생일이었고, 남자를 만나기로 한 날이었다. 여자의 마음은 미묘하다. "이제 그와 만나는 일은 그만두어야 할 때가 되었다고 생각하고 있었던 것일까. 그 역시 일 년에 한 번 밋밋하게 만났다 헤어지는 일은 그만둘 때가 되었으므로 전화조차 하지 않는 것일까. 어쨌거나 그는 아직 거기 있을까, 아니면 가버렸을까." 떠나버려야 한다고 생각하지만 떠나보내지 못하는 미련과 아쉬움, 그 흔들림의 와중에 택배는 지연되고 있었다. 그리고 마침내 '지호'는 약속 장소로 가지 않았고, 드디어 한 여자가 택배를 가져온다. 남편이 이 년째 놀고 있어서 대신 생활을 책임지고 있다는 여자. 조명숙의 소설에서 여자들은 대체로 이처럼 무능한 남자들 때문에 고달프다. 그러나 그 여자는 아이가 셋이라고 했다. '지호'는 순간 질투심에 사로잡혔고, 여자가 떠나자 그

빈자리에 앉아 생명의 기운을 느껴본다. "여자가 앉았던 자리에서 낯설고도 익숙한 비린내가 났다. 갖가지 생물체들이 알을 까고 새끼를 치는 아랫도리에서 나는 그 냄새였다. 지호는 일어나서 여자가 앉았던 자리에 앉았다. 야윈 허벅지 깊은 곳으로, 빈채로 오그라든 생명의 거푸집 속으로 작고 꼬물거리는 어떤 것들이 왁실덕실 기어드는 느낌이 왔다." 이처럼 이 소설에서 여성의 결핍은 원형적이고 근원적이다.

「사월」에서 놓치지 말아야 할 대목은 일러스트를 하는 '지호'에게 남자가 이야기를 만들어보라고 권유하자 이를 강하게 거부하는 부분이다. "어차피 우린 모두 거짓말을 하고 있는 건데. 진실이란 건 말 이전에 생겨났다가 말을 하는 순간 사라지는 거 아냐? 모든 이야기는 거짓말이야." 여기에도 「하하네이션」에서 마주했던 그 문제들, 다시 말해 '리얼'에의 고뇌와 글쓰기의 윤리에 대한 작가의 단호한 입장과 만나게 된다. 이야기는 결코 말 이전의 '진실'을 표현할 수 없다는 그 급진의 무능. 이야기는 다만 그 무능 속에서 자아와 세계의 간극에 대한 사유를 '비유'로써 실행할 수 있을 따름이라는 것. 좋은 새로움이란 그런 참신한 비유의 창안과 연관되어 있다고 할 수 있지 않을까.

또 다른 결핍의 사례를 이어가자. 「나비의 저녁」에서 '오윤'이라는 여자의 결핍과 채움의 연대기. 늘 그렇듯 여자의 생을 규정하는 남자라는 패턴. '오윤'의 남편은 장르가 분명치 않은 분야의 예술가였고, 어느 날 종이공장의 기계에 빨려 들어가 흔적도 남김 없이 죽어버렸다. 어릴 때 일찍 부모를 잃고 할머니 밑에서 자라난 '오윤'은 종이로 장신구를 만들곤 했다. 「사월」의 '지호'가 새가 되어 날아오르고 싶었던 것처럼, '오윤'은 그 외로움에서 벗어나 나비처럼 날고 싶었던 것이다. 그리고 열 살이 많은 '오윤'의 남자는 자기를 비상시켜줄 바로 그 나비의 꿈이었다. 그에 반해 '오윤'을 한심하게 바라보는 '서영'은 「조금씩 도둑」의 '바바'와 '피웅'처럼 그저 모나지 않게 세상에 적응하는 무력한 어른이 아닐까. "달리고 싶어, 하고 생각했지만 어디로 어떻게 달려야 하는지 알 수 없었고, 왜 그런 생각을 하게 됐는지에까지 이르면 그만 우울해지곤 했다. 그래서 곧 달리고 싶은 마음만 누르면 아무 문제없는 것이라고 나 자신을 타일렀다." '서영'은 달리고 싶은 마음을 억누르며 달리기를 포기해버리고는 아무 문제가 없다고 믿어버린다. 그에 반해 끝까지 나비의 꿈을 포기하지 않은 '오윤'은 자기의 생명을 조금씩 내어놓으며 종이를 만들었다. 그러니까, 끝까지 '만들었다'는 그 포이에시스의 의지가 중요하다. 그리고 죽음에 이르러서야 그는 마침내 나비의 꿈을 실현할 수 있었을 것이다. 꿈을 접고 세계에 투항하지 않는 자들의 삶은 징벌처럼 고통스러울지 모르지만, 죽음을 통해 마침내 그들은 그 꿈에 이른다. 이로써 죽음이란 삶의 결핍을 충족시키는 열반인 것이다. 그러므로 나비의 꿈은 곧 죽음의 충동이었다. 여기서 죽음은 '실재'(the real)가 아니라면 무엇이겠는가.

자식을 잃은 여자의 마음을 자궁을 잃은 여자의 마음에 견줄 수 있을까. 「점심의 종류」는 2014년 4월 16일의 그 통탄할 사건, 세월호 침몰 사건을 염두에 두고 쓴 소설이다. 딸을 잃은 '영애'는 그 사건 이후 십 년이 지났지만 아직도 그 상실감으로부터 벗어나지 못하고 있다. 아니, 오히려 그 상처가 더 심하게 덧나 아픔은 더 깊어졌다. 유족을 비난하던 사람들의 그 가혹한 목소리와 따가운 시선들, '영애'는 그것들로 인해 대인기피증에 시달린다. 몸은 깡말라 버렸고, 같이 배를 탔다가 혼자 살아 돌아온 남편과도 헤어질 수밖에 없었다. 한마디로 '영애'의 삶은 그 배의 침몰과 함께 파탄이 나버렸다. 살아 있으나 죽은 것과 다름이 없는 삶. "아무 냄새도 나지 않고 아무 소리도 들리지 않고, 아무도 움직이지 않는다." 영애는 그 죽음(침몰) 이전의 시간으로 되돌아가고 싶을 뿐이다. 그래서 이 소설은 기억과 회상의 영화 〈태극기 휘날리며〉를 병치하며 서술되었다. 영화의 '환상'이 고통스런 현재로부터 침몰 이전의 시간으로 그녀를 데려다주기라도 할 것처럼. 죽음이 결핍 없는 세상으로 인도하듯, 망각만이 구원이 될 수밖에 없는 절박함. 치매에 걸렸던 '영애'의 어머니가 했던 말에는 삶에 대한 단호함이 묻어 있다. "얘야. 내가 해 줄 말이 있는데. 인생이란 걸 싹 잊어버려라. 우리가 뭘 인생이란 걸 살았다고. 그런 거 없었다." 동생 '영미'마저 이민을 가고, 결국 대한민국의 이 현실은 망각하거나 망명하지 않으면 살 수 없을 만큼 지독하다는 말이다.

「거기 없는 당신」에서 '거기'에 부재하는 것은 '당신'이 아니라 바로 '나'이다. 이 소설도 역시 상투형의 패턴이 반복되고 있다. 여자의 우울한 현재, 그리고 그 우울에 연루하고 있는 남자. 여자의 남편은 마흔다섯에 직장에서 퇴출당했고, 고향에서 축산업으로 재기를 노렸으나 실패하고 자포자기에 빠졌다. 그러나 미국산 소고기 수입을 앞두고 벌어졌던 대규모 시위를 배경으로 한 이 소설은 너무 작위적이다. 남편의 축산업 실패도 그렇고, 시위 현장에서 옛 연인을 만나는 것도 작위적이다. 반복 가운데서도 차이를 창안하는 이 작가의 섬세함이 힘을 발휘하지 못한 데에는 나름의 이유가 있을 것이다. 그것은 아마도 이 소설이 모 단체의 기획으로부터 비롯되어 쓰였기 때문일지도 모른다. 개작을 했지만 '새로운' 창작으로의 변이에까지 이르지는 못했다. 그래서 여자의 회한 어린 회고는 현재의 시간을 뚫고 나오지 못하고 회상 속에 머물고 말았다. 그 후회는 어쩌면 곤혹스런 현재로부터의 도피에 가까운 감정이다. 역사의 시간을 현재화할 때, 낭만적인 회고는 이처럼 과거를 그 감상적인 심정으로 봉쇄해버릴 수 있다. 「가가의 토요일」은 그런 의미에서 「거기 없는 당신」과 크게 대비되는 소설이다.

'가가'는 키가 작고 말을 제대로 하지 못하는 중년의 남자다. 주류적인 사회는 이런 사람을 무시하거나 배제하곤 하지만, '가가'는 나름대로 준칙에 철저한 건전한 시민이다. 2005년 11월 18일, 부산에서 실제로 개최되었던 APEC정상회의를 둘러싼 사

회적인 어떤 기미를 '가가'의 하루를 통해 풀어낸 솜씨가 예사
롭지 않다. 키 작은 남자의 눈에 비친 소소하고 자잘한 일상들
은 세계화 시대의 거시적 삶과 맞물려 있다. 이 소설은 그 미시
적 일상에 연루된 거시적 구조를 거창하게 논술하지 않고, 다
만 '가가'의 눈에 비친 단편적 사건들로 스치듯 소묘할 뿐이다.
'가가'는 분명하게 말하지 못하고 웅얼거리는 사람이다. 그러므
로 그 사건들은 그의 언어로 정연하게 전달될 수가 없다. 논리
가 정연한 언어로 '리얼' 내지는 '진실'에 근접할 수 없다는 것
은, 이제 더 이상 의문의 여지가 없는 사실이 되었다. 따라서 이
소설에서, 섣부른 설명 없이 그 소수자의 하루를 그냥 보여주
기만 한 것은 대단히 적절한 선택이었다. 소설이 사회적 문제를
제기할 때, 세월호 사건을 다룬 「점심의 종류」나 촛불시위를 다
룬 「거기 없는 당신」과 같은 방식은 그 선명한 의도(목적의식)가
소설적 진실을 잠식하기 마련이다. 이른바 과도한 정치성은 미
학적 결손을 낳는다. 「가가의 토요일」은 그런 목적성에 휘둘리
지 않고, 그러니까 역사적 사건에 일상의 사건을 종속시키지 않
고, 역사와 일상의 주종적인 위계를 거부함으로써 작고 사소한
것들의 거대한 의미를 환기시킨다. 그러니까 「가가의 토요일」
은 미학적으로 새로운 것이 정치적으로 급진적인 것이 될 수 있
다는 하나의 사례를 제시해 보인다고 하겠다.

「이치로와 한나절」에서도 '가가의 토요일'처럼 그 '한나절'이
라는 한정된 시간이 주의를 요한다. 결핍은 이 소설의 인물들

에게도 중요한 단어다. 그 한나절의 시간에 그들에게 일어난 일련의 사건과 상념들. '나'는 그 집의 '무화과나무'에 버려졌었고 할아버지는 그런 '나'를 이십 년 넘게 키워주었다. 친구 청수는 자살을 해버렸고, 할아버지는 귀가 멀고 눈이 나빠지고 기억력도 희미해져가고 있다. 마흔 중반의 옆집 남자는 무단히 개를 팬다. 그에게는 또 어떤 결핍과 부재가 있어서 그런 행동을 하는 것일까. 그리고 어느 한나절에 '이치로'가 그 집의 무화과나무에 내려앉았다. '나'는 무화과나무에서 나는 소리를 듣고 '시조새'를 떠올린다. 「사월」의 '지호'처럼, 아니면 「나비의 저녁」에서 '오윤'처럼 '나'도 그렇게 비상하고 싶은 것일 게다. 동물원에서 탈출한 원숭이가 하룻밤을 보내기도 했던 '무화과나무'는 모든 탈출하고 싶은 존재의 해방을 염원하는 상징일지도 모른다. 마찬가지로, 엄마를 찾아 떠도는 이치로는 결핍으로 인해 헤매는 모든 사람들의 이름일지도 모른다. 그러므로 사실 '이치로'는 엄마를 모르고 자란 '나'이기도 하다. 그리고 '이치로'는 마침내 '청수'이기도 하다. "그러고 보니 창백하다 싶을 만큼 흰 얼굴과 깎은 듯 오똑한 코며 긴 목이 낯익었다. 그때 이치로가 멋쩍게 웃었다. 누런 이만 아니라면 꽤 닮았다 싶은 모습, 청수였다." '이치로'와 보낸 한나절은 환각이거나 환상이 아니었을까. 자기를 버려두고 떠나버린 엄마와, 자살을 해버린 청수와, 눈과 귀와 기억이 희미해져가는 할아버지를 생각하는 마음이 만들어낸 환상. 소설이 바로 그 환상의 기록이라면 어떨까.

앞부분의 이야기들을 일종의 환상으로 만들어버리는「러닝맨」후반부의 극적인 반전은 기발하다. 가족사의 곡절과 배가 다른 막내 여동생의 죽음. 그렇다고 이 소설이 그렇고 그런 가족 로망스는 아니다. 아버지는 마치 '가가'처럼 제대로 말하지 못하는 사람이다. 그는 말하지 못하는 대신에 달린다. 딸의 암 선고를 듣고, 늙은 몸으로 한겨울의 거리를 옷을 벗고 달리는 아버지. 아버지의 그 말 없는 내달림은 그 어떤 말보다 절절하다. 그래서일까. 이야기는 마지막에 이르러 갑자기 극적인 반전으로 돌아선다. "아니, 이 모두는 사실이 아니다."라는 일침. '리얼'이란 이처럼 착종하는 가운데서 겨우 그 흔적을 가늠할 수 있다는 전언.

아버지의 달리기가 구원을 향한 맹목이라면, 동시에 그것은 리얼을 향한 기투라고도 할 수 있다. 『달려라 아비』의 아버지는 자식의 상상 속에서 그 부재와 결여를 메우고 견디기 위한 환상으로 달릴 수밖에 없었다. '아버지'를 대문자의 역사이자 거대서사라고 읽을 수 있다면, 그 질주의 환상은 바로 그 아버지의 부재, 즉 '역사의 종언'에 대한 이상한 가역반응이다. 그리고 자식은 아버지의 부고를 받아보고 나서, 부재로 괄호 쳐 있던 아버지의 살아온 이야기를 듣고 이렇게 말한다. "……모두 거짓말 같았다." 그것은「러닝 맨」의 아들이 했던 말과 묘하게 공명한다. "아니, 이 모두는 사실이 아니다." 말하지 못하고 듣지 못하는 아버지의 그 영원한 뜀박질은, 타르코프스키 감독의 〈향

수〉에서 시인 고르차코프의 촛불과도 같은 절박함이다. 다시 한 번 묻고 답하자. 소설이 불가능한 시대에 좋은 소설은 무엇인가. 도달할 수 없는 것을 향한 간절한 염원, 종언과 몰락의 풍문으로 쓸쓸한 이 시대의 소설은 '거짓말'과 '사실이 아닌 것'으로 그 염원의 주이상스를 기술할 뿐이다.

작가의 말

네 번째 창작집을 내놓는다.

소설이란 것이 어느 시점에 착상해서 언제 썼는지는 중요하지 않지만, 한데 모아 놓고 보니 5년이 지난 뒤 쓸 수 있었던 2005년의 사건과 5개월이 되기 전에 써 버린 2014년의 사건이 뒤섞여 있다. 그 5년과 5개월 사이에는 물론 4년, 3년, 2년, 1년이 끼어 있다.

내게 소설은 언제나 오래된 과거였다. 저장된 기억들을 그 자체로 드러내기보다는 실체가 흐릿해지기까지 내버려두어야 제대로 왜곡할 수 있었기 때문이다. 왜곡이 없다면 어찌 소설이겠는가. 그런데 한 작품은 기억이 왜곡되기까지 기다리지 못하고 건너뛰기를 했다. 왜곡과 마찬가지로 예외가 없다면 소설이 어찌 소설일 수 있겠는가.

하지만 이제까지의 내 방식으로 5개월은 너무 짧았다. 현재에서 10년을 건너뛰었지만 그 5개월의 감정 현상을 그대로 유지한 정도여서 변명의 여지를 남기고 말았다. 10년쯤 지난 뒤에는 여러 방식으로 유가족들의 슬픔과 아픔이 최소한이나마 치유

되기를 소망하는 마음에서였다는 말을, 지극한 고통엔 섣부른 위로보다 또 다른 고통이 약이 되기도 하는 법이라는 말을 조심스럽게 여기 적어 둔다. 내가 이처럼 섣부르게 쓰려고 덤벼드는 일이 다시는 일어나지 않기를 간절히 바라면서.

　쓰기 전에 대체로 많이 속에서 공글리는 편인 나는 한 작품에서 시도한 서술 방식이 다음 작품에서는 폐기되기를, 항상 바라왔다. 나를 위해 입을 열어 준 소설 속의 화자들에게 각기 다른 옷을 지어 입히고 싶은 욕심 때문이다. 하지만 욕심은 욕심일 뿐 고질적인 버릇을 채 버리지 못했다.
　버리지 못하는 버릇을 가졌다는 건 내 세계를 견지할 수 있다는 점에서는 좋은 것이지만 세상을 새로운 방식으로 파악하고 쓰는 일에는 적당하지 않다. 그러나 양자택일이 불가능한 이 딜레마가 다시 쓰게 하는 힘이기도 하다.
　수십 번을 고쳐 쓴 첫 문장과 단숨에 쓴 마지막 문장 사이에, 첫 문장을 써 놓고 몇 달을 기다린 뒤 만난 두 번째 문장 사이에서 갈팡질팡하다가 마침내 손을 놓기까지 함께해 준 나의 시간에게 악수를 청한다. 고마웠다. 지옥과 천국을 함께 걸어 줘서.

2015년 봄 도요에서
조명숙

조금씩 도둑 조명숙 소설집

초판 1쇄 발행 2015년 4월 6일

지은이 조명숙
펴낸이 강수걸
편집장 권경옥
편집 양아름 손수경 문호영
디자인 권문경 박지민
펴낸곳 산지니
등록 2005년 2월 7일 제14-49호
주소 부산광역시 연제구 법원남로15번길 26 위너스빌딩 203호
전화 051-504-7070 | 팩스 051-507-7543
홈페이지 www.sanzinibook.com
전자우편 sanzini@sanzinibook.com
블로그 http://sanzinibook.tistory.com

ISBN 978-89-6545-286-7 03810

＊책값은 뒤표지에 있습니다.
＊이 책은 2013년도 한국문화예술위원회 '아르코문학창작기금'을
지원받아 발행되었습니다.
＊이 도서의 국립중앙도서관 출판예정도서목록(CIP)은
서지정보유통지원시스템 홈페이지(http://seoji.nl.go.kr)와
국가자료공동목록시스템(http://www.nl.go.kr/kolisnet)에서
이용하실 수 있습니다.(CIP제어번호: CIP2015008978)